고베의 발견

神戸の発見

남원상 지음

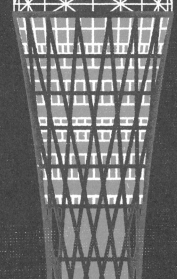

고베의 발견

요네하라 마리의 맛집과
하루키의 술집을 찾아 떠난 일본 여행

가방을 싸며

요네하라 마리米原万里는 나의 '최애' 작가다. 그녀가 남긴 여러 저서 중에서 특히 좋아하는 건 《미식견문록》(원제는 '여행자의 아침식사旅行者の朝食')이다. 상쾌한 위트와 묵직한 식견, 촌철살인의 쌉싸름한 문장력. 글이 이토록 맛깔나고 섹시하다니, 홀딱 반해서 몇 번이나 읽고 또 읽었다. 그 책에 고베神戸로 식도락 여행을 다녀온 경험담이 하나의 챕터로 묶여 나온다. 그런데 반전이 있다. 그녀가 도쿄에서 일부러 고베까지 찾아간 본래의 목적은 현지의 맛있는 음식을 즐기는 것이 아니었다. 관광명소인 '기타노이진칸北野異人館'을 둘러보기 위해서였다. 새로 지으려는 자신의 주택 외관과 인테리어 아이디어를 거기서 얻고자 했던 것이다.

설명을 덧붙이자면, 기타노이진칸은 고베시 도심의 북쪽 산기슭 경사면에 자리한 동네다. 일본의 근대 개항 시기에 외국인 이주민이 그곳에 모여 살며 그들의 취향으로 집을 지었고, 덕분에 이국적인 분위기의 마을이 생겼다. 지명 자체가 '북녘(北野기타노) 외국인 주택(異人館이진칸)'이라는 뜻이다. 기타노이진칸에는 당시 서양 건축양식으로 지은 주택 일부가 지금도 남아 있다. 요네하라 마리는 오랜 세월이 흘러도 유행 타지 않을 클래식한 스타일로 새 집을 마련하고 싶었고, 기타노이진칸의 서양식 고택에서 그 해답을 찾으려 했던 것이다.

《미식견문록》은 세계 각지의 다양한 음식을 인문학적 시각에서 신랄하게 씹고 뜯고 즐기고 맛보는 에세이다. 그러니까 기타노이진칸에 가보려는 원래의 목적대로라면 고베 여행에 관한 기록이 그 책에서 챕터 하나를 당당히 꿰찰 가능성은 거의 없었다. 하지만 옛말은 틀리는 법이 없다. 금강산도 식후경. 아무리 대단한 볼거리도 배부터 든든히 채워야 눈에 들어오는 법이니, 여행을 떠나면 어디서 어떻게 식사를 해결할지 챙기게 마련이다. 그녀도 기왕 고베까지 간 김에 맛집 탐방을 해보기로 계획하는데, 그 정도가 선을 넘는다. 고베에 사는 사촌을 비롯해 가족과 친지들이 이것도 먹어보라, 저것도 먹어보라며 끊임없이 현지 맛집을 추천한 탓이다. 책에서 남다른 먹성이 '집안 내력'이라며 스스로 대식가이자 미식가라 밝힌 요네하라 마리로서는 행복한 숙제가 하나 더 생긴 셈이다.

결국 기타노이진칸을 둘러보는 1박 2일의 방문 일정 동안 고베의 미식을 최대한 즐기려고 일부러 열차 대신 비행기를 타고 가는 등 맛집 탐방에 시간과 노력을 할애한다. 급기야 주객이 전도되고야 마는데, 글의 마무리에 그 점이 명확하게 드러난다.

간사이공항으로 가는 수상버스 안에서 수첩을 넘겨보았다. 인상에 남은 것은 이진칸의 미닫이 창이나 난로가 아니라, 입맛을 다신 요리 접시인지라 어이가 없었다. 이렇게 엥겔지수가 높은 여행이 되어버리다니. 맙소사, 이진칸을 둘러보는 차에 맛있는 것을 먹은 게 아니라, 요리를 맛있게 먹으려고 배를 꺼뜨리느라 이진칸을 둘러본 셈이 되어버렸네.

도대체 고베의 맛집과 음식이 얼마나 대단하기에! 요네하라 마리 특유의 예리한 묘사에 푹 빠져들어 사진 한 장 없이 글씨만 빼곡한 책장을 넘기면서 군침을 흘렸다. 나아가 언젠가 고베에 가서 책에 나오는 맛집들을 탐방한 뒤 잔뜩 부른 배를 쓸어내리며 기타노이진칸을 돌아다니고 싶어졌다.

　그러고보니 여행이든 출장이든 일본을 자주 다녔으면서도 여태 고베에는 가본 적이 없었다. 유례없는 엔저에 일본으로 외국인이 몰리면서 고베도 덩달아 국제적인 관광지로 주목받는 모양인데, 보통 오사카大阪나 교토京都를 갈 때 당일치기나 반나절 일정으로 잠깐 들르는 경우가 대부분인 듯하다. 고베에서 며칠을 지내며 오롯이 여행의 목적지로 삼기엔 머릿속에 확 떠오르는 킬러 콘텐츠가 없기 때문일 테다. 교토나 나라奈良처럼 오랜 역사와 전통 분위기를 풍기는 것도 아니고, 도쿄東京나 오사카처럼 별의별 사람과 문물이 넘쳐나는 어마무시한 대도시도 아니며, 홋카이도北海道나 오키나와沖縄처럼 풍경이 이색적인 것도 아니니까. 더구나 "우와!" 하고 감탄을 자아낼 만큼 특색 있고 유명한 랜드마크도 없으니 그럴 만하다.

　생각해보니 고베에 대해선 아는 것도 별로 없었다. 근대 개항도시이자 산업도시라는 사실 정도가 고작이었다. 무엇보다 1995년 고베 대지진 당시 텔레비전 뉴스 화면에서 끊임없이 보여주던 무시무시한 살풍경부터 떠올라 '여행 가고 싶다.'라는 마음이 도무지 들지 않았다. 절대 무너지지 않을 것 같은 육중한 고가도로가 흉측하게 마구 금이 간 채로 맥없이 쓰러진 모습은 그 어떤 재난 영화의 장면보다도 공포스러웠다. 오랜 시간 동안 고베는 지진과 파멸을 연상시키는 도시로 내 머릿속에 새겨져 있었다.

그렇게 나와는 딱히 인연이 없을 것 같았던 이 도시에, 요네하라 마리의 《미식견문록》이 호기심과 호감을 불어넣었다. 내가 동경하는, 무척이나 시니컬한 작가가 모처럼 따스한 극찬을 늘어놓은(물론 혹평도 꽤 있지만) 고베의 미식들이 먹보인 나에게 손짓을 했다. 물론 번역서(이현진 옮김, 마음산책, 2009)에서 고작 9페이지를 차지한 '고베 식도락 여행'만 읽고 여행지를 선택한 건 아니다. 한창 이슈인 '오버투어리즘'('과잉 관광' 정도로 풀이할 수 있겠다)에서 벗어나고 싶다는 생각도 한몫했다.

세계 각국의 매력적인 도시들은 몰려드는 여행자들로 몸살을 앓고 있다. 어제오늘만의 문제는 아니다. 이미 10여 년

전, 이탈리아 베네치아를 여행할 때 어느 건물 벽에 'FXXX TOURISTS!'(관광객들아 엿 먹어라!)라고 영어로 쓰인, 관광객을 향한 증오의 욕설을 보고 흠칫한 적이 있다. 그때는 이해할 수 없었다. 관광객이 쓰고 가는 돈은 지역 경제 발전에 보탬이 돼서 결국 주민들에게 그 혜택이 돌아가는 건데 말이다. '고마워하기는커녕 제 발로 찾아온 물주한테 저렇게 대놓고 상스런 욕을 갈기다니 베네치아 녀석들 배가 불렀군.'이라고 생각했다.

생각이 달라진 건 몇 년 전 북촌 한옥마을을 둘러볼 때였다. 그날 한옥마을의 좁은 골목길에는 어떤 나라(민감한 문제인 만큼 특정하지는 않겠다)의 관광객이 가득했는데, 귀가 따가울 정도로 소란스러웠다. 곳곳에 그 나라의 문자로 '조용히 해달라'는 내용의 팻말이 붙어 있었지만 그들은 아랑곳하지 않았다. 아파트 층간소음 때문에 살인까지 벌어지는 세상 아닌가. 복잡한 서울에서 조금이나마 한적한 삶을 누리려고 일부러 한옥마을의 주택을 선택한 경우도 있을 텐데, 생전 가야 층간소음 겪을 일 없던 이 동네 사람들이 때아닌 관광객 소음으로 매일매일 스트레스 지수가 엄청나겠구나 싶었다. 아무 데나 버려진 일회용 플라스틱 컵 쓰레기들은 또 어떻고.

관광객이 넘치도록 몰린들, 호텔이나 음식점처럼 직접 수혜를 받는 업종과 무관한 일반 주민들 입장에선 당장 별 소득도 없이 불편이 이만저만 아닐 것이다. 그게 누적돼 삶의 질이 떨어지고 일상이 파괴되는 지경에 이르면, 외부에서 찾아오는 그 어떤 객식구도 반갑지 않아 'FXXX TOURISTS!' 같은 욕설이 절로 나올 테고. 그래서인지 관광세 부과, 방문객 수 제한 등 여행자에게 불이익을 주는 지역들이 갈수록 늘고 있다.

아베노믹스 이후 의도적으로 엔저 정책을 고수하며 외화벌이에 열심인 일본도 곳곳에서 오버투어리즘이 심각해지는 상황이다. 엔화 가치가 떨어질수록 주머니가 더 두둑해진 외국인 관광객들이 그 혜택을 누리려고 일본으로 몰려드는 것이다. 처음엔 저출산 고령화로 꺼져가는 지역 경제를 되살릴 절호의 기회로 여겼지만, 교토나 가마쿠라鎌倉 같은 인기 여행지에선 넘쳐나는 방문객들이 유발하는 쓰레기, 소음 등 각종 문제 때문에 반발과 적대감이 커졌다. 오죽하면 '관광공해'라는 말까지 생겨났을까.

그런데 오버투어리즘을 싫어하는 건 현지 주민만이 아니다. 어딜 가나 사람에 치이면서 긴 줄을 서야 하고, 왁자지껄한 소음에 시달리고, 수요가 공급을 초과해 숙박비며 식비가 치솟는 건 관광객 입장에서도 반갑지 않다. 사람 구경을 좋아하는 취향이라면 모를까, 인파를 피해 일부러 고요한 새벽에 명소를 찾아다니는 나 같은 여행자에게 그건 휴식이 아니라 고역이다. 도시 인구나 관광객 수가 도쿄, 오사카, 교토에 비해 훨씬 적지만 그렇다고 소도시나 시골처럼 너무 적적하지만도 않은 고베는 그런 점에서 매력적으로 다가왔다.

2023년 9월, 그래서 떠났다. 엥겔지수 높고 오버투어리즘에 덜 시달리는 여행을 즐기러, 딱히 볼 건 없을 것 같은 도시 고베로.

차례

첫날,
딱 30분에 뒤바뀐 야경 투어

神戸の発見

놓쳤다

"수상한 물건 같은 건 전혀 없는데요…."

억울하다.

"죄송합니다. 제가 아니라 보안검사 카메라 때문에 그래요. 뭔가 보인다고 나와서요."

보안검색요원이 겸연쩍게 웃으며 연신 달랜다. 하지만 미안해하는 표정과 달리 몸짓은 단호하다. 결국 비밀번호를 돌려 잠금장치를 해제하고 가방을 활짝 열어젖혔다. 작디작은 기내용 캐리어 안에는 내가 말한 대로 수상한 건 하나도 들어 있지 않왔다. 갈아입을 티셔츠, 속옷, 양말 등 옷가지와 구급약, 전기면 도기, 전압 변환 어댑터(일본은 110볼트를 쓰니까) 정도가 고작이다. 이번 여행에선 가뿐하게 다니고 싶어 늘 챙기는 DSLR과 노트북도 두고 왔다. 컵라면이나 과자 같은 음식물 비스무리한 것도 없었다.

수하물 찾는 시간을 아껴서 공항을 빨리 빠져나가려고 일부러 기내용 미니 캐리어에 자질구레한 필수품만 챙겨 왔는데, 도대체 카메라에 뭐가 잡혔다는 거야? 내 가방보다 훨씬 큼지막한 캐리어를 몇 개씩 끌고 가는, 수상한 물건을 잔뜩 숨겨 왔을 것 같은 사람들도 그냥 보내주면서! 시계를 확인하니 벌써 오후 5시 30분이 넘었다. 조바심이 난다. 하지만 직무에 충실한 보안검색요원은 발만 동동 굴리는 나를 못 본 건지, 못 본 척하는 건지, 개의치 않고 팬티를 포개 넣은 지퍼백까지 몽땅 풀어 헤친다. 이봐요, 아저씨! 같은 아저씨 처지에 팬티 따위 민망할 게 없다지만, 아무리 그래도 이건 좀 너무하는 거 아니오?

예정에 없던 보안검색을 팬티까지 탈탈 털릴 정도로 꼼꼼하게도 받으면서 마음을 졸인 이유는 따로 있다. 오후 5시 44분에 간사이關西국제공항에서 오사카역으로 가는 하루카(はるか, Haruka

특급(특별급행) 열차를 탈 예정이었기 때문이다. 인천에서 출발한 여객기가 간사이공항에 착륙한 건 오후 4시 50분. 입국 심사, 공항철도역까지 이동, 그리고 예약 열차표 발급에 걸리는 시간을 고려해도 5시 44분 열차는 여유 있게 탈 수 있을 것으로 예상했다. 입국과 세관 심사 시간을 조금이라도 단축시키려고 미리 '비지트재팬웹Visit Japan Web'으로 온라인 수속까지 전부 마쳤는데, 그 모든 노력이 수포로 돌아가고 있었다.

고베까지 가는 거라면 굳이 그 열차에 안달할 이유는 없었다. 간사이공항에서 고베까지는 리무진 버스로 1시간 남짓이면 도착하고, 열차로 가도 넉넉잡아 1시간 반 정도면 충분하니까. 그런데 요네하라 마리의 고베 식도락을 좇아 떠난 이번 여행에서 첫날 숙박할 곳은 고베가 아니라 히메지姬路다. 5시 44분발 하루카를 타고 가다가 오사카역에서 히메지로 가는 일반 열차로 환승하면 오후 7시 50분쯤 히메지역에 내린다. 걸어서 10분 정도 걸리는 호텔을 찾아가 체크인한 뒤 방에 짐을 던져 넣고 나와 근처에서 후딱 배를 채우면 8시 30~40분 정도가 될 것이다. 이후 히메지의 랜드마크인 히메지성까지 15분 정도 걸어가면 오후 9시부터 딱 15분 동안만 보여준다는 히메지성 특별 조명쇼를 감상할 수 있다. 이게 여행 첫날의 계획이었다. 계획은 완벽했다.

"이거 정말 죄송했습니다. 이제 가셔도 됩니다."

드디어 성가시고 숨막혔던 짐 검사가 끝났다. 하지만, 아⋯ 오후 5시 40분을 가리키는 시계를 보니, 4분 뒤에 출발할 하루카를 탈 가망은 영 없어 보인다. 깨끗이 포기. 주섬주섬 가방을 다시 싸서 입국장 게이트를 나서며 속으로 구시렁댔다. 진짜 수상한 형체가 카메라에 잡힌 게 맞나? 아니면 그냥 내 얼굴이 수상하게 생겨서? 아무튼 나도 그 아저씨도 시간 낭비.

다음 열차 편은 6시 16분이다. 환승과 이동 시간을 다시 계산하니 모든 일정이 30분씩 밀린다. 오후 9시의 히메지성 특별 조명쇼는 물 건너갔다. 애태울 목표가 없어져서인지 순식간에 느긋해진다. 발걸음도 여유롭게 천천히 천천히. 뭐, 이것도 나쁘지 않네. 코로나 봉쇄 이후 얼마만의 해외 나들이인데 긍정적으로 생각해야지. 저녁식사 시간이 훌쩍 넘어가서 가는 내내 배는 무척 고플 것 같지만.

헬로!
헬로키티 하루카

헬로키티로 요란하게 장식한 교토행 하루카 열차가 간사이공항 철도역 플랫폼에 들어선다. 캐릭터엔 딱히 관심이 없지만 기모노 입은 헬로키티가 그려진 공항열차를 보는 것만으로 일본에 왔다는 기분이 든다. 헬로키티 마니아라면 저 열차만 봐도 난리가 나겠네 싶었는데, 아니나 다를까 여기저기서 핸드폰을 꺼내 들고 사진이며 동영상을 찍느라 분주하다. 차량 내부도 좌석이며 벽이며 온통 핑크빛에 헬로키티 천지다. 내 뒤에 탑승한 젊은 외국인 여성들이 "귀엽다."고 반색하더니 이내 찰칵 찰칵 기념사진 삼매경에 빠진다. 산리오Sanrio(헬로키티 제작사)에 저작권 비용을 좀 냈겠지만 참 대단한 마케팅(혹은 상술)이 아닌가. 무미건조하고 지루한 공항열차에 세계적으로 인기가 높은 캐릭터인 헬로키티를 덧입혀 특별한 여행 콘텐츠 하나를 완성해냈다. 궁금해서 검색해보니, 인스타그램에도 '#hellokittyharuka'의 인증 샷이 한가득이다. 나중에 안 사실인데, 헬로키티 하루카 열차의 디자인만 해도 네 종류나 된다고.

열차가 간사이공항을 벗어났다. 창밖으로 오사카만灣의 바다 풍경이 시원하게 펼쳐진다. 마침 해질 녘이다. 떠나는 태양의 오렌지빛과 다가오는 밤하늘의 군청색이 절묘하게 만나 상공과 바다에서 근사한 그러데이션 그림을 완성한다. '30분 전의 열차를 탔으면 이 작품을 만끽할 수 없었겠지.'라고 또 한 번 긍정의 마인드 컨트롤을 하는 것도 잠시. "꼬르륵 꼬르륵" 배고픈 정도가 아니다. 위장이 쪼그라드는 느낌이니 '주리다'라는 표현이 더 적합하겠네. 인천공항에서 출발하기 전에 점심식사로 먹은 쌀국수는 국경을 넘나드는 동안 이미 위장을 깡그리 벗어난 모양이다. 갈 길이 아직 먼데 벌써부터 이러면 곤란하다. 배꼽시계 님은 어쩜 이리도 정확하신지.

오사카만의 석양 경치에 푹 빠져 있는데 해변 건물에 하나둘 불이 들어온다. 바다 야경까지 구경하나 내심 기대했지만 하루카는 곧 내륙의 철로로 들어섰다. 금세 어둠이 깔린다. 지도 어플을 켜보니 오사카시 남쪽의 작은 근교 지역을 지나는 중이다. 한국과 달리 고층 아파트는 거의 보이지 않는다. 고만고만한 단독주택들이 빼곡하게 늘어서 있다. 불을 켠 집이 거의 없어 창밖이 캄캄하다. 정전이라도 발생한 것 같지만 그건 아니다. 드물게 전등이 켜진 집도 있고 편의점은 환하다. 아직 잠들 시간은 멀었는데…. 남 얘기가 아니긴 한데 일본도 저출산으로 빈집 문제가 심각하다더니, 시골도 아닌 오사카 인근에도 벌써 사람이 살지 않는 유령 동네가 생기는 건지.

지루한 암흑의 주택가를 지나 하루카는 환승역인 오사카역으로 들어섰다. 내리자마자 히메지로 향하는 신카이소쿠新快速로 갈아탈 플랫폼을 향해 걸음을 재촉했다. 14분 정도의 여유 시간이 있지만, 공항의 짐 수색처럼 또 어떤 변수가 생길지 모

일본의 '오모테나시'(손님 접대)를 테마로 디자인했다는 '헬로키티 하루카' 공항열차. 총 네 종류의 디자인 중 일본 전통 비녀를 현대적 감각으로 그려낸 '간자시' 차량이다.

른다. 평온을 되찾았던 마음이 다시 급해진다. 다행히 이번에는 무탈하게 플랫폼에 도착. 제시간에 맞춰 신카이소쿠에 올랐다.

왜 히메지를
가야만 했나

내가 탑승한 반슈아코播州赤穂행 신카이소쿠는 간사이 지방의 중심도시인 오사카와 서쪽 도시들을 이어주는 열차다. 히메지까지 가는 도중에 산노미야역(고베의 중심역) 등 일곱 곳의 주요 역에서 정차하는데, 오사카와 고베로 출퇴근하거나 통학하는 근교 지역의 직장인과 학생이 많이 이용하는 모양이다. 집으로 돌아가는 시간대인 오후 7시 15분발 차량이라 이미 오사카역에서 만원 열차가 된 채로 출발했다.

주변을 둘러보니 나처럼 관광객으로 보이는 이방인 승객은 거의 없다. 정장 차림에 서류 가방이나 핸드백을 든 회사원, 백팩을 멘 젊은 학생이 많다. 오늘은 일요일인데도 오사카까지 일하러 나왔던 사람들이 이렇게 많은 건가. 아무튼 차량 안의 분위기는 처져도 너무 처졌다. 일상의 피로에 더해 무더위에 찌든 탓일 게다. 옷에 땀이 배어나온 사람도 제법 눈에 띈다. 공항에서부터 느끼긴 했지만, 이 날씨는 확실히 문제가 있다. 지난여름이 대단하긴 했어도 9월 중순이 넘어서며 가을이 점차 깊어지는 시기다. 한국에선 아침저녁으로는 서늘한 바람이 불어 긴 옷을 꺼내 입는 날도 있었다. 아무리 일본 기후가 한국보다 덥다지만(홋카이도는 제외) 가을날의 한낮 기온이 섭씨 33도라니!

그래, 거기까지는 그렇다 치자. 해가 넘어간 지 한참 지난 이 시간에도 습도를 잔뜩 머금은 후텁지근한 공기는 도무지 납득할 수 없다. 열차 안에 에어컨을 틀어놓긴 했지만 밀집도가 워낙 높아서인지 텁텁함이 영 가시지 않는다. 이렇게 더운 날, 내 앞에 마주 앉은 회사원은 까만 양복바지에 구두 차림이다. 보기만 해도 덩달아 열이 오른다. 이마에 흐르는 땀을 손수건으로 짜증스럽게 닦아내던 그는 미간을 잔뜩 찌푸린 채 휴대폰만 노려본다. 언제쯤 이 더위가 사그라들까 싶어 날씨예보를 찾아보다가 오히려 절망적인 정보만 확인하고는 화가 난 것일까? 누구를 탓하랴. 저 편하자고 온갖 화학물질을 배설해 지구를 병들게 만든 건 당신과 나를 포함한 우리 인간들인 것을. 인류를 향한 지구의 맹렬한 분노와 복수가 새삼 온몸으로 느껴진다.

자, 이쯤에서 여행의 목적지로 정한 고베에 앞서 늦더위 속에 더 큰 수고를 감내해야 도달할 수 있는 히메지까지 가게 된 경위를 풀어놓아보자. 아무리 그래도 여행이다. 아무리 먹는 데 비중을 둔다고 해도, 모처럼 바다 건너 외국에 나가는데 혓바닥과 위장만 만족시키면 눈 입장에선 '나는 폼으로 달렸냐?'며 서운해할 것이다. 고베에도 이런저런 명소들이 있긴 하지만, ㈜민들에겐 실례가 되겠지만) 앞서 이야기했듯이 외국인 입장에서 '이건 꼭 봐야 해.'라는 마음이 들 정도로 아주 대단한 볼거리는 없다. 관광자원 측면에서는 주변의 오사카나 교토라는 메인에 곁들이는 사이드 정도랄까. 찐빵으로 치면 오사카와 교토는 달콤한 앙꼬, 고베는 담백한 빵에 비유할 수 있겠다. 찐빵 맛의 완성도에서 하얀 빵의 역할을 무시할 수는 없으나 핵심은 누가 뭐래도 앙꼬다. 그러니까 '앙꼬 없는 찐빵'이라는 말이 있겠지.

《미식견문록》의 고베 식도락 여행을 현실에서 체감해보겠다는 큰 목표를 세웠지만, 눈도 충분히 행복하게 해주고 싶었다. 그러려면 고베만으로는 부족했다. 그래서 일정에 추가한 곳이 히메지다. 히메지 역시 도시 규모 면에선 오사카나 교토는 고사하고 고베에도 한참 뒤진다. 면적이 비슷해도 고베 인구는 150만 명 정도인데, 히메지는 50만 명을 겨우 넘어서는 소도시다. 하지만 히메지에는 히메지성이라는 아주 강력한 랜드마크가 있다. 코로나 사태로 여행길이 막히기 이전인 2019년 히메지성의 관람객 수는 약 155만 명을 기록했다. 그중 외국인 관광객 수만 해도 약 40만 명에 달했다. 근처에 공항도 하나 없어 접근성이 떨어지는 작은 도시인데도 그토록 많은 사람이 일부러 찾아갈 만큼, 히메지성은 대단한 볼거리인 것이다.

고베에서 히메지까지는 특급 열차로 1시간가량 소요되니 고베에 머물면서 당일치기로 다녀올 수도 있었다. 굳이 히메지에 숙소를 잡을 필요는 없었는데, 날이 밝은 동안 성 내부를 관람하고(오후 5시가 입장 마감 시간이다) 밤에 특별 조명쇼까지 만끽하려면 아무래도 하룻밤 숙박하는 편이 나았다. 뒤에서 다시 얘기하겠지만, 히메지성 내부 관람은 급경사와 많은 계단 탓에 체력 소모가 상당하다. 30도를 넘는 무더위 속에 그걸 감행할 자신은 도저히 없었다. 그나마 기온이 낮은 아침 개장 시간에 맞춰 성 안을 구경해야만 했다. 관람 시간은 대략 2~3시간 정도가 걸린 다니 오전 중에 다 끝날 터. 성의 야경까지 챙겨 보려면 해질 때 까지 어딘가에서 시간을 보내야 한다. 하지만 도시의 얼굴인 히 메지성 말고는 딱히 볼 게 없으니 곤란하다. 그래서 첫날 저녁 에 히메지로 가서 히메지성의 야경을 감상하고 숙박한 뒤 다음 날 아침 일찍 성 내부를 둘러보고나서 오후에는 메인 목적지인 고베로 옮겨 가는 일정을 세웠던 것이다.

'오이데야 모모'의
시간제한 만찬

체크인을 마친 뒤 호텔방에 짐을 넣고 향한 곳은 호텔 뒷골목의 이자카야 '오이데야 모모おいで家もも'다. 프런트 데스크 직원에게 가까운 데 있는 '현지인 맛집'을 알려달라고 부탁했더니 "이 주변에선 여기가 최고!"라며 추천한 곳이다. 문을 열고 들어가자 사근사근한 인상의 마마상(여주인)이 "이랏샤이마세(어서오세요)!"라며 환한 미소로 맞이한다. 그러더니 인사가 끝나기 무섭게 양해부터 구한다. 말이 워낙 빨라서 속사포 랩이라도 하는 듯하다.

"손님, 대단히 죄송합니다만 저희가 9시 반에 단체 예약이 있습니다. 가게 전체를 대관하신 것이라서 9시 반 전에는 자리를 비워주셔야 하는데 괜찮을까요? 불편하시다면 다른 가게로 가시는 편이 좋을 것 같습니다. 아, 그리고 오늘 저녁 손님이 많았던 데다 단체 예약의 식사 준비 때문에 지금 쌀이 떨어졌습니다. 밥이 들어간 메뉴는 제공이 어렵습니다. 정말 죄송합니다."

시계를 보니 오후 8시 55분. 35분 안에 다 먹고 일어나야 하는데, 어차피 오래 식사할 여유도 없다. 원래 계획했던 특별 조명쇼 관람은 물 건너갔지만, 자정까지는 하얀 LED 조명이 비추는 히메지성의 새하얀 야경을 감상할 수 있다. 얼른 배를 채우고 다녀와서 잠을 청해야 내일 아침 일찍 개장 시간에 맞춰 성을 보러 나갈 에너지를 비축할 것이다. 그러니 9시 30분 전에는 식사를 마치는 편이 나에게도 좋다. 문제없다고 대답한 뒤입구 바로 앞의 카운터석에 앉았다. 생맥주와 오늘의 오반자이(가정식 반찬) 3종 세트, 오카미(여주인) 특제 가라아게(일본식 닭튀김)를 주문했다.

둘러보니 모던한 디자인의 가구며 커다란 전구 조명으로 장식한 실내가 이자카야보다는 카페 같다. 규모는 아담하다. 입

이자카야 '오이데야 모모'의 가정식 반찬 3종 세트와 생맥주. 짭조름한 게 술안주로 안성맞춤이다.

구 쪽 카운터석 말고 안쪽으로 테이블석 네댓 개가 마련돼 있다. 카운터 안 조리 공간에서는 나이 지긋한 아주머니 종업원들이 빨간 유니폼에 까만 모자를 맞춰 쓴 채 묵묵히 요리를 한다. 카운터석의 아저씨 두 명은 얼굴이 불과한 게 벌써 술을 꽤 마신 모양이다. 테이블석은 빈자리 없이 꽉 찼다. 가게 전체를 대관했다는 단체 예약 손님도 있다 하고, 쌀이 떨어질 정도로 장사가 잘된다니 맛집일 가능성이 높다. 그런데 가만 보니 손님이 거의 아저씨들이다. 나를 맞이했던 마마상이 그 사이를 혼자 분주하게 휘젓고 다니며 음식을 내주기도 하고 하이톤의 상냥한 목소리로 말동무도 되어준다. 그러고보니 옷깃에 복숭아(모모)꽃이 그려진 새하얀 유카타를 차려입은 마마상이 단아한 분위기의 미인이다. 흠, 설마 호텔 직원이 이곳을 강력히 추천한 이유가 음식 맛이 아니라 눈웃음이 매력적인 마마상 때문인가?

그날그날 종류가 달라진다는 오반자이를 입에 넣자마자, 맛 걱정은 떨쳐냈다. 고소한 아게도후(두부튀김)와 아삭아삭한 샐러드가 입맛을 제대로 살린다. 좀 짭짤하지만 그래서 오히려 생맥주와 궁합이 잘 맞는다. 마마상이 직접 개발했다는 양념으로 요리한 가라아게도 레몬즙만 살짝 뿌렸는데 감칠맛이 확 살아난다. 미인인데 음식 솜씨까지 좋은가 보군. 맛집인 게 확인됐으니, 허겁지겁 먹어치우면서 부랴부랴 메뉴판을 다시 들여다봤다. 지역 이름이 들어간 요리를 찾는데 마침 '히메지식 도리텐(닭튀김)'이 눈에 띈다. 그것과 더불어 장조림을 주문했다. 똑같이 닭을 튀겼는데, 히메지식 도리텐과 가라아게는 맛과 식감이 다르다. 양념한 전분을 닭다릿살에 고루 묻혀 튀긴 가라아게가 바삭바삭한 한국 치킨을 닮은 반면, 닭가슴살을 반죽한 튀김옷에 묻혀 튀긴 히메지식 도리텐은 담백하고 튀김옷에서 폭신한 식감이 난다. 장조림은 꽤 짠 편이라 맥주만 파트너로 삼기엔 아쉽다. 쌀이 떨어져 먹을 수 없는 밥 생각이 간절했다.

그릇을 비우고 맥주잔에 남은 술 한 방울까지 몽땅 털어 넘긴 뒤 시간을 보니 오후 9시 20분. 25분 만에 미션 완료다. 마마상에게 걱정 말라고 "아직 10분 남았는데 다 먹었다."며 계산서를 요청하자 "급하게 드시게 해서 정말 죄송하다."면서 어쩔 줄 몰라 한다. 너무 그러니 이쪽이 더 민망해진다. 빈정거린 게 아닌데 오해했나.

새까만 밤하늘에 뜬
새하얀 백로

히메지역에서 히메지성까지는 시내버스가 다니지만 슬슬 걸어가기로 했다. '오이데야 모모'에서 먹은 생맥주와 고칼로리 안주로 배가 잔뜩 부른 터라, 거닐면서 소화도 시킬 겸 찬찬히 시내 구경을 할 요량이었다. 구글 맵이 도보로 15분 정도면 도착한다고 알려줘서 괜찮겠다 싶었는데, 역시 괜찮지 않은 건 날씨다. 오후 9시 반이 넘어 기온은 섭씨 28도까지 내려갔지만 습도가 엄청나다. 어쩌다 불어오는 밤바람에는 시원함 대신 텁텁함이 가득 실려 있다. 한 걸음 내디딜 때마다 이마며 목덜미에 땀

하얀 LED 조명에 빛나는 히메지성 천수각의 야경. 밤 12시까지 조명을 쓴다.

이 송골송골 맺힌다. 히메지역에서 성 앞까지 쭉 이어지는 대로인 오테마에도리大手前通り를 걷는 내내 히메지성의 야경을 감상할 수 있겠거니 기대했는데, 무성한 가로수에 가려져 그마저도 실패. 시내의 밤 풍경 역시 예상과 달리 썰렁하다. 오테마에도리는 도시의 중심가인데 오후 9시 반 무렵에 벌써 가게들이 문을 닫았고 행인도 거의 없다. 대로변에 환하게 불을 밝힌 건 편의점뿐이다. 그 앞에 술취한 젊은이들이 불나방처럼 삼삼오오 모여 꽤나 시끄럽게 수다를 떨고 있다.

열대야를 뚫고 850미터에 이르는 오테마에도리의 끝자락에 다다랐다. 하얀 조명에 빛나는 히메지성의 천수각天守閣이 자태를 드러낸다. 역을 나설 때 멀리서 조그맣게 보이던 것과는 확실히 다른 느낌이다. 성 주변으로는 경관을 위해 건물의 높이 제한이 설정돼 있는데, 덕분에 천수각이 군계일학처럼 홀로 우뚝 솟아 있다. 그래서 주변의 캄캄한 밤하늘과 순백의 천수각이 극명한 대조를 이룬다. 꼭 성이 밤하늘 위에 붕 떠 있는 모양새다.

히메지성에는 '하쿠로白鷺성'이라는 애칭이 있다. 하쿠로는 백로를 뜻한다. 공식 홈페이지는 "백로가 날개를 펼친 듯 우아하고 아름다운 자태"에서 이런 애칭이 비롯했다고 설명한다. 실제로 보니, 과연 곡선미를 살린 전면부의 가라하후唐破風와 날렵하게 끝이 솟아오른 지도리하후千鳥破風가 겹겹이 쌓인 배치가 비상하는 백로의 힘찬 날갯짓을 연상케 한다. 천수각의 흰 외벽을 도화지 삼아 다양한 색깔의 조명을 비춰 몽환적인 그림을 연출하는 특별 조명쇼(매일 오후 8시, 9시 정각에 15분간 진행)를 놓친 게 다시금 아쉬워진다.

성 주변을 둘러싼 해자 위의 다리를 지나 정문인 오테몬大手門 안으로 들어서니 널따란 잔디광장이 펼쳐진다. 조명쇼가 끝나고 다들 자리를 떴는지, 사람은 드문드문 보이고 고요하다. 나처럼 뒤늦게 야경을 보러 온 관광객들과 돗자리를 깔고 앉아 캔맥주를 들이켜는 연인, 이 무더위에 땀을 뻘뻘 흘리며 조깅하는 운동 마니아 몇 사람이 눈에 띄는 정도다.

잔디광장을 빙 두른 타원형의 길을 따라 천수각에 다가갈수록 높다랗게 솟은 위용에 감탄이 절로 나온다. 정면보다 살짝 왼쪽 측면에서 보면 대천수와 두 개 동의 소천수를 아울러 감상할 수 있어 입체감이 더 느껴진다. 광장 안쪽의 영빈관 건물 옆으로 나지막한 계단이 보여 올라갔다. 가까운 곳에선 천수각을 떠받드는 축벽이 잘 보이지 않았는데, 살짝 높은 위치로 올라가자 건물의 전체 윤곽이 더 드러난다. 계속 보고 있자니 가뜩이나 하얀 외벽에 강렬한 백색 LED 조명까지 더해져 눈이 부실 정도라서 오래된 건축물이 풍기는 자연스런 세월감을 방해한다. 과유불급이다. 조명이 은은한 편이 성의 진면목을 더 잘 보여줄 텐데, 라는 개인적인 아쉬움을 뒤로한 채 야경 투어도, 첫날 일정도 끝.

둘째 날,
히메지성을 떠나 고베로

KOBE PORT TOWER

神戸の発見

전쟁과
허세의 걸작

아침 8시가 막 지났는데 뙤약볕이 내리쬐는 히메지는 벌써부터 열대의 도시다. 기온은 섭씨 29도를 넘어섰고 높은 습도 탓에 불쾌지수가 이미 80을 넘는다. 하지만 어젯밤과 마찬가지로 히메지성을 향해 걸어간다. 호텔에서 버스정류장까지 걷고 버스 탑승을 기다렸다가 타고 가는 시간과 별 차이가 없었다.

　어두울 때엔 미처 못 봤는데, 오테마에도리의 보도에는 이런 저런 조각상이 전시돼 있다. 1980년대에 거리를 정비하면서 실시한 '조각이 있는 마치즈쿠리まちづくり(마을 만들기)' 사업의 결과물

오테마에도리의 보도 위에 설치된 조각 예술품. 히메지성 복원 작업에도 참여했던 일본의 옛날 기와 전문가 고바야시 헤이이치와 그의 아들인 기이치가 함께 제작한 것으로, 히메지성 대천수의 지붕에 장식된 샤치호코의 레플리카다.

이다. 당시 일본을 대표하는 여러 작가의 작품으로 야외 조각 미술관을 조성한 셈인데, 하나하나의 가치가 엄청나단다. 단풍이 곱게 든 시원한 가을날이라면 산책하듯 유유히 돌아다니면서 예술적 감성에 빠져봐도 좋으련만, 이 날씨에는 곁다리로 훑은 뒤 목적지로 직행할 수밖에 없다. 전날 밤과 같은 경로로 광장에 다다랐다. 푸른 잔디 위로 솟은 히메지성의 대천수는 인위적인 LED 조명보다 아침 햇살을 받는 쪽이 훨씬 품위 있다.

원래 이곳은 높이 45미터가량의 히메산이 있던 자리다. 산 주변이 탁 트여 적의 침략을 감시하고 방어하기 유리한 천연의 요새인 점을 활용해 히메산 정상에 진지가 마련된 건 1333년 이라는 이야기가 전해진다. 당시 일본은 가마쿠라 막부가 멸망하고 왕권 다툼으로 내전이 치열했다. 히메지는 규슈에서 교토로 향하는 길목에 위치해 히메산의 진지는 전쟁에서 중요한 역할을 했다. 그래서 영구적으로 활용할 수 있도록 튼튼한 성을 쌓았다고 한다.

하지만 이것은 전설이다. 히메산에 성이 존재한 사실이 사료에 처음 등장한 건 일본 역사상 내전이 가장 빈번하게 발생했던 전국시대다. 훗날 임진왜란을 일으키는 도요토미 히데요시豊臣秀吉가 1580년 히메산에 3층짜리 천수각을 지었다. 당시 그는 일본을 통일한 오다 노부나가織田信長의 신하로 주고쿠中國 지방 (일본 혼슈 서부의 히로시마, 오카야마, 야마구치, 돗토리, 시마네의 5개 현을 일컫는 지명) 의 정벌을 맡았는데, 그 과정에서 히메지성이 거점 역할을 했다고 한다. 기존의 산성 대신 높이 솟아오른 천수각을 지은 것도 적의 동태를 감시하는 망루의 기능을 강화하기 위해서였다.

도요토미 히데요시의 3층 천수각은 1600년 이곳의 새 주인이 된 이케다 데루마사池田輝政가 1601년부터 8년에 걸쳐 대대적인 리모델링을 하면서 지금처럼 5층(내부는 지하층과 계단으로 나뉘어진 층을 포함해 총 7층)으로 높아졌다. 천수각 최정상의 해발고도는 91.9미터로, 30층짜리 아파트의 높이에 버금간다. 거기에 더해 대천수각과 연결된 소천수각 세 개 동과 와타리야구라渡櫓(천수각 사이를 잇는 회랑) 등이 추가로 세워져 거대한 연립 구조의 건축물이 됐다. 원래는 까마귀처럼 새까맣게 칠해져 있었는데 이 개축 과정에서 외벽 색을 하얗게 바꿨다는 설도 있다. 여하튼 이렇게 천수각의 몸집을 불리고 외관에 신경을 쓴 데는 망루로 활용할 목적 이외에 성주의 권위와 재력을 과시하려는 의도까지 담겨 있었다고 한다. 말하자면 히메지성은 전쟁과 허세가 낳은 걸작인 것이다.

도요토미 히데요시와 이케다 데루마사 사이에도 스토리가 있다. 이케다는 내전 중 도요토미 편에서 열심히 싸운 덕분에 두터운 신임을 얻었다. 엄청난 땅을 하사받는가 하면, 도요토미

잔디광장에서 바라본 히메지성 천수각의 정면. 원래 대천수는 3층 건물이었는데, 1601년 개축하면서
5층으로 높아졌다. 일본의 천수각 중 규모가 가장 크다.

의 중매로 도쿠가와 이에야스의 딸을 아내로 맞기도 했다. 하지만 도요토미 히데요시가 죽고 그의 어린 아들 히데요리가 후계를 물려받은 뒤 도쿠가와 측에서 권력을 찬탈하려고 전쟁을 벌이자 이케다는 돌변한다. 장인 도쿠가와 쪽에 합류해 도요토미 측에 칼을 겨눴다. 이미 송장이 됐지만 도요토미 히데요시로서는 배신을 당한 셈이다.

배신背信의 뜻풀이는 '믿음을 등지다'인데, 일본에서는 보편적으로 '우라기리裏切り'라는 단어를 쓴다. 같은 편 사람을 '뒤에서 칼로 벤다'는 것이다. 상대가 자신을 믿고 경계심을 버린 틈을 노려 무방비 상태인 등 뒤에서 칼을 휘두른다니, 배신보다 훨씬 비열하고 잔혹한 표현이다. 임진왜란의 원흉을 동정할 마음은 없지만, 실로 배신은 날카로운 칼날에 베인 듯 쓰라린 법이다. 더구나 내 편이라고 여겼던, 어느 누구보다 신뢰하던 상대에게 배신을 당해본 사람이라면 공감할 것이다. 치유할 수 없는 상처와 깊은 원한이 남는다. 결국 도쿠가와 이에야스가 승리했다. 도요토미의 아내와 아들은 자결했으며 여덟 살에 불과한 손자는 도망치다 붙잡혀 이듬해 참수당했다. 피가 낭자한 '우라기리'의 대가로 이케다 데루마사가 얻은 게 바로 히메지성이다.

도쿠가와가 하사한 영토는 도요토미에게 받은 면적의 세 배를 훌쩍 넘었다. 그 막대한 자산을 바탕으로 이케다 데루마사는 히메지성을 거대하게 쌓아 올렸다.

히메지성의 천수각은 일본의 천수각 중 규모가 가장 크다. 크고 작은 전쟁에서도 살아남은 건물은 400년이 넘어 역사적 가치 역시 상당하다. 내전이 잦았던 일본에선 이곳 말고도 전국 곳곳에 층층의 천수각이 즐비하게 세워졌다. 그러나 1873년 폐성령(성을 없애라는 명령)이 발표된 이후 대부분 사라졌다. 1867년 메이지유신으로 집권한 메이지 정부가 지방 영주들이 천수각을 반란의 아지트로 삼을까 우려해 없애버린 것이다. 그 와중에 히메지성은 육군 시설로 지정되는 바람에 살아남았다. 전통 건축물에 대한 관심이 높아지면서 일본의 국보로 지정된 건 1931년이다. 이후 일본이 일으킨 태평양전쟁 도중 얼마 남지도 않은 각지의 천수각들이 미군의 공습을 받아 줄줄이 파괴됐는데, 그때도 히메지성은 온전한 모습으로 남았다. 흰 외벽이 하늘에서 쉽게 눈에 띄어 폭격의 대상이 될 것을 우려해 까만 그물을 성 전체에 씌워 위장했다고 한다.

일본의 많은 옛 성이 제대로 된 고증도 없이 철근콘크리트로 겉모양만 그럴싸하게 복원돼(오사카성이 대표적인 사례) 역사적 가치가 떨어지는 반면, 히메지성은 전통 방식으로 수리와 복원을 거듭하며 원래의 자태를 유지할 수 있었다. 그런 점을 인정받아 1993년 호류지法隆寺 등과 함께 일본 최초로 유네스코 세계문화유산에 등재됐다. 덕분에 일본인은 물론, 먼 나라의 외국인들도 일부러 보러 오는 랜드마크가 된 것이다. 그래서 관람객이 많을 것이라고 예상은 했는데… 이런, 많아도 너무 많다! 한산하던 어젯밤 풍경과는 딴판이다. 길고 긴 행렬의 끝을 찾아가 얼른 합류했는데 주변에서 다른 외국어는 들리지 않고 온통 일본어 대화만 들린다. 하필 오늘이 대체휴일까지 붙은 연휴 기간이라 일본 전역에서 관광객들이 몰려온 모양이다. 다행히 입장은 순조롭게 진행돼 오래 기다리진 않았다.

함부로
들어오지 말라

산 위에 지은 천수각이다. 건물 내부를 둘러보려면 경사로와 계단을 거쳐야 한다. 날씨가 선선하면 운동 삼아 사뿐히 올라갈 텐데, 더위가 겹치니 숨이 가빠진다. 계단의 폭은 좁고 길도 구불구불 미로처럼 나 있다. 성 전체를 휘감은 해자와 겹겹의 단단한 철문도 그렇지만, 천수각으로 올라가는 길 역시 적에게 함부로 접근하지 말라는 옛 성주들의 위협이 몸소 느껴진다.

천수각을 떠받친 축벽의 울퉁불퉁한 진회색 거석들 사이에 이질적인 돌 조각 하나가 끼워져 있다. 깎아 다듬은 반원형에

히메지성의 천수각을 지을 때 자재가 부족해 애를 먹자 히메산 아래 떡장수 노파가 기증했다는 돌절구의 조각. 초록색 그물망으로 씌운 작은 돌이 전설의 '우바가이시'다

색깔도 연회색이다. 사람들이 그 앞에 모여 웅성거리며 사진을 찍는다. 표지판을 읽어보니, '노파의 돌'이라는 뜻의 '우바가이시姥ヶ石'다. 도요토미 히데요시가 성을 지을 때 높다란 축벽에 채워 넣을 석재를 구하느라 애를 먹었는데, 히메산 아래에서 떡

장사를 하던 가난한 노파가 이거라도 써달라며 바친 절구의 조각이라고 한다. 떡장수에게 생계와 직결된 절구는 그 무엇보다 소중한 보물이었을 것이다. 성의 완공을 간절히 바란 노파의 사연에 감동받은 사람들이 석재를 잇달아 기부해 근사한 축벽을 완성할 수 있었다는데…. 하지만 돌절구가 끼워진 축벽은 사실 이케다 데루마사가 성을 개축할 때 지은 부분이란다. 그러니까 '노파의 돌절구' 에피소드는 후세에 어느 재담꾼이 지어낸 이야기일 가능성이 높다. 관광지에선 장황한 역사적 사실보다 이런 '옛날옛날에…'가 귀에 더 쏙 들어오는 법이다.

천수각 내부에선 신발을 벗는다. 오래된 목재 마루를 보존하기 위해서다. 신발 갈아 신는 곳에 들어서자 발냄새 대신 진한 나무 향이 기분 좋게 풍긴다. 바깥에서 보는 것과 다르게 내부는 나무 자재로 가득하다. 사실 천수각 자체는 원래 목조건물이다. 높다란 천수각을 지탱하는 뼈대 역시 두 개의 거대한 나무 기둥이다. 외부를 하얗게 회칠해 마감한 것도, 나무의 특성상 불에 타기 쉬워서 적의 화기 공격에 대비하기 위해서였다.

관람은 지하층에서 시작해 계단으로 올라가 한 층씩 둘러보며 꼭대기 층인 6층까지 갔다가 다시 내려오는 코스로 이루어

대천수각 지하층의 동쪽 큰 기둥. 서쪽의 큰 기둥과 함께 높다란 천수각을 떠받치는, 그야말로 '큰 기둥'
이다.

진다. 창이 나 있지 않은 지하층은 동굴에 들어간 것처럼 어두 침침하다. 주요 지점마다 스탠드 조명이 설치돼 있다. 옛날에 썼던 개수대, 화장실 등의 시설이 있는데 역사적인 의미는 있겠 으나 딱히 대단한 구경거리는 아니다. 유럽의 성이 내부를 예전 모습으로 복원해 가구, 벽지, 그림, 조명 등이 휘황찬란한 데 비 해, 히메지성 대천수각의 내부는 초라할 만큼 단조롭다. 백로의 비상을 떠올리게 하는 외부의 우아한 자태에 혹해서 내부도 근 사하지 않을까 기대한다면 실망하기 십상이다. 그도 그럴 것이 천수각은 애초에 망루와 무기고로 활용하려고 지은 전투용 건 물이다. 그나마 남아 있던 실내 집기며 장식은 메이지유신 이후 육군 시설로 사용될 때 없어졌다고 한다.

가뜩이나 무더운 날씨에 실내를 가득 메운 관람객의 열기까 지 더해진다. 사우나 안에라도 들어와 있는 듯하다. 계단도 무 척 가파른 편이라 올라가는 사람들의 입에선 짧은 탄식이 흘러 나온다. 1층에는 측벽을 기어오르는 적군을 떨어뜨리기 위해 돌을 내던지는 구멍이, 2층에는 총, 탄약, 창 등을 보관하던 무 기고가 있다. 모형 총과 창이 걸려 있는데, 초등학생으로 보이 는 사내아이들 몇몇이 그 앞에 서서 시선을 거두지 못한다. 놀

적군이 천수각 내부까지 침입할 경우를 대비해 복병이 숨어 있는 장소로 만든 '무샤카쿠시'. 벽장처럼 위장해놓았는데 문 크기도 작고 내부 공간도 워낙 좁다. 옛날 일본 사람들의 체구가 작았다고는 해도 좀 심한 게 아닌지.

이터에서 허구한 날 친구들과 비비탄 권총 싸움을 하며 놀던 어린 시절이 떠오른다. 총에 끌리는 건 수컷 본능인 걸까? 왜 그때는 총만 보면 그렇게 환장을 했는지. 지구상의 수많은 생명을 파괴한 사탄의 도구라는 사실을 깨닫게 된 지금은 끔찍하게 느껴질 뿐인데.

3층에도 무기와 식품을 저장하던 창고가 구비돼 있다. 이곳에 '무샤카쿠시武者隱し'라는 비밀의 방이 있다. '무샤'는 무사, '카쿠시'는 숨어 있다는 뜻으로, 풀이하자면 무사가 숨어 있는 공간이다. 몸을 웅크려야 겨우 빠져나갈 자그마한 출입문을 벽 중간에 창문처럼 설치해 작은 창고인 양 위장해놓았다. 적군이 천수각의 촘촘한 방어망을 뚫고 내부까지 침입했을 때 '무샤카쿠시'에 숨어 있던 복병들이 순식간에 튀어나와 당황한 적을 기습할 목적으로 마련한 것이다. 방 안을 들여다보니 좁아도 너무 좁고 어두침침하다. 10분만 문 닫고 있어도 폐소공포증이 생길 것 같다. 밖에서 보면 아름답기만 한 성의 속사정은 구석구석 참 살벌하다.

샤치호코와
스프링클러

아래층과 마찬가지로 수납고로 쓰인, 그래서 딱히 재미는 없는 4층, 5층을 거쳐 꼭대기 층인 6층에 다다르자 반갑게도 시원한 바람이 불어온다. 사방으로 창이 뚫려 있는데, 아래층보다 공간이 좁아져 창 사이의 거리가 가까워서인지 통풍이 훨씬 잘 된다. 바람이 세차게 들어오는 남쪽 창 앞으로 관람객들이 발 디딜 틈 없이 모여 있다. 다들 꼭대기까지 올라오느라 쌓인 더위를 바람결에 식히면서 시내 경치를 만끽한다. 일부는 창가에 바짝 다가선 채 휴대전화 카메라로 뭔가 열심히 찍는다. 궁

금해서 내다보니 용마루 끝에 달린 거대한 샤치호코鯱를 촬영하고 있다.

샤치호코는 일본 성곽에 설치하는 장식물이다. 호랑이 머리에 물고기 몸을 하고는 꼬리를 하늘로 쳐든 모습이다. 그래서 한자 표기도 '물고기 어魚'와 '범 호虎'를 합쳐 쓴다. 바다에 산다는 상상 속 이 하이브리드 괴물은 입에서 물을 뿜는다. 용머리 끝을 뿔처럼 들어 올려 건축미를 살리는 동시에 건물에 불이 나지 않기를 바라는 뜻으로 물 뿜는 샤치호코를 설치한 것이다.

6층의 한가운데에는 자그마한 오사카베刑部 신사가 있다. 히메산의 산신을 모신 신당이다. 관람객들이 줄을 서서 기다리다가 차례가 되면 눈을 감고 두 손을 모아 참배한다. 표지판 설명을 읽어보니, 화재와 재해를 방지해달라고 산신에게 기원하려고 마련한 곳이다. 엄청난 자금과 지극정성을 들여 지은 성에 행여 불이 날까봐 늘 노심초사했던 모양이다. 아닌 게 아니라 천수각 내부는 나무로 가득하니 작은 불씨에도 순식간에 불이 여기저기 옮겨붙어 홀랑 타버릴 것이다. 간절함이 통했는지 히

〰〰〰〰〰〰〰〰〰〰〰〰〰〰〰〰

대천수각 꼭대기 층에서 내다본 샤치호코. 생각보다 무척 크디.

둘째 날, 히메지성을 떠나 고베로

히메지성 천수각 천장의 스프링클러. 나무 마감재와 색을 맞춰 자연스레 어울리도록 설치했다.

메지성 천수각은 단 한 번도 화마에 시달린 적이 없다고 한다.

대천수각과 소천수각의 용머리마다 샤치호코를 올리고 신사까지 지은 심정은 이해하겠으나 어디까지나 중세의 미신일 뿐이다. 실질적인 해결책과는 거리가 멀다. 그런데 천장을 보니 스프링클러가 촘촘하게 설치돼 있다. 후손들은 과학적으로 방화 장치를 마련한 것이다. 대천수각 꼭대기 층의 천장에는 스프링클러를 매립했지만, 다른 곳에서는 구조상 감출 수 없었는지

파이프가 그대로 노출된 경우도 있다. 하지만 주변 자재와 흡사하게 색깔을 맞춰서 이질감이 덜하다. 섬세하다. 조상이 물려준 유산을 아끼고 관리해서 다시 후손에게 온전히 물려주려는 노력이 부럽다. 한때 '국보 1호'였던 숭례문이 스프링클러는커녕 화재 감지 장치도 설치되지 않은 탓에, 방화 사건이 발생하고 고작 5시간도 지나지 않아 잿더미로 변한 일이 떠오른다. 속이 쓰려진다.

14년 만에
45일 동안만

대천수각을 둘러보고 나가려는데 출구에 차단봉이 설치돼 있다. 오른쪽으로 가면 건물 바깥으로 나가는 길, 왼쪽으로 가면 14년 만에 공개한다는 소천수각 두 개 동과 천수각 사이를 오가는 복도인 와타리야구라로 향하는 통로다. 평소엔 들어갈 수 없도록 폐쇄된 곳인데 유네스코 세계문화유산 등재 30주년을 기념해 딱 45일 동안만 특별공개 중이다. 공짜는 아니고 히메지성 입장료 외에 추가로 500엔(어른)을 더 받는다. 다들 긴 줄과 추가 지출을 마다 않고 왼편에 서 있다. 대천수각 실내와 크게

14년 만에 공개된 천수각 북쪽의 로노와타리야구라ロの渡櫓. 천수각 안쪽을 바라보는 남쪽(오른쪽) 창과 바깥쪽으로 낸 북쪽의 창 형태가 다르다.

다를 건 없겠지 싶어 잠시 고민했지만, '14년 만의 공개'와 '45일 기간한정'이라는 숫자에 혹해서 결국 왼쪽 대열에 합류.

　무기, 소금 등의 창고로 활용했던 소천수각 내부는 예상대로 소박하다. 대천수각보다 공간이 협소해 입장 인원을 제한하기 때문에 관람 순서를 기다리는 데도 시간이 오래 걸린다. 계단도 폭이 워낙 좁아 한 사람이 겨우 오르내릴 수 있다. 안내원의 신호에 맞춰 일방통행 중이다. 소천수각에도 대천수각과 마찬가지로 사람 눈높이의 창 말고 천장 가까이 높게 뚫은 창이 나 있다. 낮은 쪽은 적군에게 총을 쏘는 용도로, 높은 쪽은 총기에서 발생한 연기를 밖으로 내보내기 위해 설치한 것이다. 그야말로 공격과 수비에 모두 최적화된 난공불락의 요새다. 적들도 지레 겁을 먹었던 건지, 히메지성은 단 한 번도 공격을 받은 적이 없다. 결국 성을 촘촘하게 채운 모든 방어 시설은, 사고가 나지 않은 자동차의 에어백 같은 신세로 지내다가(그게 다행이지만) 관광지의 구경거리가 됐다. 후손들의 돈벌이 수단이 되었으니 무용지물은 아니다.

소천수각보다는 쭉 뻗은 회랑인 와타리야구라가 볼 만하다. 동쪽과 북서쪽의 두 소천수각 사이를 연결하는 와타리야구라는 거리가 약 29미터, 폭이 약 6미터로 규모가 상당히 크다. 거목의 생김새가 생생하게 살아 있는 천장의 서까래와, 자귀(나무를 깎아 다듬는 옛날 연장)로 다듬어 물고기 비늘 모양을 낸 원목 마루가 고풍스러운 멋을 뽐낸다. 건물의 바깥쪽을 향해 나 있는 격자창은 목재 창틀에 쇠를 덧대고 회반죽을 칠해 견고한 구조인

이누이 소천수각의 창을 통해 보이는 대천수각과 안쪽의 풍경. 북서쪽에 자리한 이누이 소천수각은 세 동의 소천수각 중에서는 가장 규모가 크다.

둘째 날, 히메지성을 떠나 고베로

데, 창문이 있어 열고 닫을 수 있다. 성을 공격해오는 적군에게 총을 쏘고 적군이 쏘는 총탄은 쉽게 피할 수 있도록 만든 것이다. 이와 대조적으로, 누가 쳐들어올 일 없는 안쪽 중정 방향의 격자창은 24개가 쭉 이어진 형태라서 기다란 한 개의 창처럼 보일 만큼 개방적이다. 이 창들을 통해 빛이 충분히 들어와, 동굴처럼 생긴 와타리야구라 내부가 환하다. 이처럼 독특하고 예스러운 멋이 잘 살아 있는 회랑이어서 일본의 유명한 사극 작품에도 여러 번 등장했다고 한다. 또한, 곳곳의 창을 통해선 천수각의 외양을 가까이 볼 수 있다. 멀리서는 마냥 하얗게 보이던 건물 외벽에 비바람이 남기고 간 얼룩이며 곰팡이가 꽤 묻었다. 기와도 낡은 티가 역력해 400년 세월의 깊고 그윽한 풍취가 배어난다. 500엔 더 내고 구경한 게 아깝지 않다.

드디어 천수각을 나섰다. 그런데 히메지성에는 천수각만 있는 게 아니다. 바깥에 설치된 표지판이 이제 니시노마루西の丸를 보러 갈 차례라고 알려준다. 성의 서쪽 언덕 위에 자리한 니시노마루에는 망루와 회랑으로 구성된 기다란 건축물인 햣켄로카百間廊下와 니시노마루 정원이 있다. 지대가 높은 덕분에 정원 안에는 높다란 천수각의 전체 모습을 감상하면서 근사한 기념

햣켄로카에 전시된 히메지성의 옛 기와 조각들. 긴 회랑에 이런 귀한 유물이며 볼거리가 쭉 전시돼 있다.

사진을 찍을 수 있는 포토 존이 마련돼 있다. 햣켄로카는 '100
칸의 복도'라는 뜻이다. 회랑의 총 길이는 약 240미터에 이르
는데, 긴 복도가 쭉 이어진 모양새 때문에 햣켄로카라는 이름을
붙였다. 안으로 들어서자 천수각처럼 짙은 나무 향이 난다. 이
건물 역시 적군의 공격을 막는 시설로 활용됐는데, 내부에는 시

녀들이 거주했던 방도 있다. 정작 성주와 그 가족들이 살았던 건물은 따로 있었는데 철거됐다고 한다.

썰렁했던 천수각과 달리 이곳엔 히메지성과 관련된 각종 전시물이 진열돼 있다. 히메지성을 차지한 역대 성주들의 다양한 사연, 천수각의 기와나 외벽의 회반죽이 어떤 재료로 어떻게 만들어졌는지, 건물 안에서 시녀들은 어떻게 생활했는지, 어쩌고 저쩌고…. 처음엔 하나하나 읽고 관람했는데 슬슬 지쳐온다. 회랑이 워낙 긴 데다 전시물은 많고 더워서 집중력이 떨어진다. 결국 나중엔 대충 힐끗거리다가 탈출하듯 후다닥 빠져나왔다.

햣켄로로의 창문을 통해 바라본 히메지성의 천수각.

일본식 정원의
붕장어 덮밥

히메지성 관람에 2시간 30분쯤 걸렸다. 이제 성채의 남서쪽에
자리한 고코엔好古園 정원으로 향한다. 원래는 성주와 무사들
의 집터였는데 다 허물어지고 수풀만 무성한 채로 방치되다가,
1992년 1만여 평에 이르는 널따란 부지에 일본식 정원이 조성
됐다. 정원 입장권 가격은 350엔인데 히메지성 티켓 값에 겨우
50엔만 더 내면 고코엔까지 입장이 가능한 공통권을 살 수 있
다. 기왕 히메지성을 관람하는 김에 공원도 둘러보자 싶어서 공
통권을 선택했는데, 정원으로 가려고 몇 걸음 내딛자마자 후회

고코엔의 9개 정원 중에서 가장 큰 오야시키노니와. 연못은 히메지 앞바다인 세토나이카이를 형상화한 것으로, 알록달록한 비단잉어가 헤엄친다.

가 밀려온다. 정오가 가까워오면서 태양은 하늘 높이 치솟아 아스팔트 바닥이 불붙은 듯 이글이글 끓고 숨 쉴 때마다 후끈한 열기가 콧속 깊이 빨려들어온다.

　정원 안에 들어서자 "쏴아" 하고 물소리가 요란하게 들린다. 평평한 바위들을 계단처럼 쌓고 위에서 아래로 물이 떨어지도

맑은 시냇물이 졸졸 소리를 내며 흐르는 나가레노히라니와. 물가에는 작은 정자도 있다.

록 인공 폭포와 계곡을 조성했다. 물은 널찍한 인공 연못으로 흘러간다. 수심이 깊지 않은 잔잔한 연못 안에선 스모 선수의 팔뚝만 한 비단잉어들이 유유히 헤엄치고 다닌다. 연못 위의 지붕 있는 나무다리를 걸어가자 폭포의 물보라 덕분인지 잠시 시원해진다. 요술을 부린 듯 갑자기 확 달라진 온도에 내 앞의 여성들도 "스즈시이(시원해)!"라며 놀라워한다. 하지만 폭포를 벗어나자마자 다시 열대 기후로…. 정갈하게 꾸며진 일본식 정원과 다양한 수목은 꽤 볼 만하다. 하지만 이 날씨에는 그저 멋들어진 불지옥일 뿐이다. 기온이 섭씨 10도만 낮다면 차분히 산책하면서 이 싱그러운 수풀을 만끽할 텐데.

고코엔 구경에 나선 지 10분도 채 지나지 않아 땡볕과 더위를 피해 정원 안의 건물로 들어갔다. 와, 에어컨 바람을 쐬니 살 것 같네. 다들 같은 마음인지, 한산하던 바깥과 달리 실내엔 사람들이 바글바글. 그런데 건물 안에 일식집이 있다. 가쓰스이켄活水軒'이라는 곳이다. 고코엔의 연못과 정원 풍경을 감상하면서 식사하거나 차를 마실 수 있는 곳이란다. 마침 점심시간이라 손님들로 붐빈다. 빈 좌석은 당연히 없고 대기 인원 리스트에도 이름이 가득 적혀 있지만 그대로 대기석에 눌러앉았다. 지쳐서, 밥 먹으러 또 다른 곳을 찾아갈 엄두가 나지 않는다.

30여 분이나 기다린 뒤 연못과 정원 풍경이 바로 내다보이는 통창 옆 자리로 안내를 받았다. 주문한 메뉴는 아나고동(붕장어 덮밥) 세트. 붕장어는 오뎅과 더불어 히메지의 명물로 꼽힌다. 히메지가 접한 세토나이카이瀬戸内海 바다에선 예로부터 붕장어가

가쓰스이켄의 붕장어 덮밥 세트. 구성이 다양하지만 붕장어 맛은 기대보다 좀.

많이 잡혔기 때문이다. 그런데 다 옛날 얘기다. 연안에 공장이 들어선 뒤 환경이 파괴되고 무분별한 남획까지 겹치면서 요즘은 자연산 붕장어를 찾기 어렵다고.

붕장어가 잡히든 말든, 이미 사람들의 뇌리에 박힌 히메지 붕장어 요리의 명성은 그대로다. 히메지성을 보러 타지에서 온 관광객들이 지역 명물을 맛보겠다며 아직도 열심히 먹어댄다. 그 많은 관광객의 밥상에 올리기엔 턱없이 모자란 붕장어 수량은 수입산이 대신 채워주고 있다. 현실이 그렇더라도 히메지까지 왔으니 꼭 먹어보고 싶었는데, 마침 가쓰스이켄의 메뉴 가운데 새우튀김을 포함한 모둠 튀김과 달걀말이, 밑반찬, 국, 후식으로 인절미까지 제공하는 아나고동 세트가 1,480엔이라서 더 고민할 것 없이 선택했다. 정원 풍경과 관광지 물가를 고려하면 이 구성에 이 가격은 매력적이다.

음식이 나오길 기다리는 동안 창밖의 푸르른 정원에 눈길이 꽂힌다. 에어컨을 빵빵하게 틀어주는 식당 안에서 땀이 쏙 들어간 산뜻한 상태로 감상하는 우거진 초목과 연못은 어찌나 싱그러운지! 같은 풍경인데 불쾌지수가 극에 달한 바깥에선 눈에 잘 들어오지도 않더니 온도가 바뀌자 기억에 길이 남을 수채화 작품이 된다. 인간은 참 변덕맞은 존재구나, 새삼 깨닫는다.

　전망은 근사한데 아나고동 맛은 평범하다. 붕장어는 부드럽지만 살이 너무 없고 미리 조리해뒀다가 밥에 얹어준 건지 싸늘하다. 오히려 따끈하고 바삭한 튀김 쪽에 더 손이 간다. 그래도 창밖의 경치가 워낙 좋은 반찬이 되어줘서 만족스럽게 한 끼를 마무리 짓고 1박 2일의 히메지 구경을 끝냈다. 이제 요네하라 마리의 맛집을 만나러 고베로!

고베 관광안내소의
베테랑 할머니

고베에서는 호텔 두 군데를 예약했다. 먼저 묵을 곳은 상점가인 모토마치元町 한가운데에 있다. 히메지역에서 산요山陽 직통 돗큐特急 열차를 타면 환승 없이 1시간 5분 뒤에 모토마치역에 바로 내린다. 전날 오사카에서 히메지로 올 때 탔던 신카이소쿠 열차 편이 20분 정도 빨리 도착하지만, 고베역에서 한 번 갈아타야 한다. 짐은 별로 없어도 환승은 늘 번거롭고 신경 쓰이는 과정이라 열차에서 20분 더 보내는 쪽을 택했다. 어차피 오늘은 고베에 도착해서 뭘 하겠다고 딱히 정해두지도 않았다. 유유히 시내 구경이나 다닐 참이니 서두를 이유가 없다.

오후 3시가 조금 넘어 모토마치역에 내렸다. 히메지와 마찬가지로 공기가 후끈후끈. 호텔을 찾아가 체크인하고 객실에서 휴식을 취하며 한낮의 기세가 좀 잦아들기를 기다렸다. 40대 중반이 넘어서니 여행 스타일이 달라질 수밖에 없다. 피로 회복이 빨랐던 20~30대에는 잘 몰랐는데, 날씨에 예민하게 반응하는 것은 물론이고 온종일 여기저기 쉴 틈 없이 돌아다니면 발보다 무릎이 먼저 고통을 호소한다. 무시했다가는 나중에 큰코다친다는 것을 이제는 몸이 잘 안다. 에어컨을 최대 풍속으로 틀고 1시간 남짓 누워 체력을 보충한 뒤 호텔을 나섰다. 시끌벅적한 모토마치 상점가를 통과해 고베의 중심가인 산노미야역으로 향한다. 시내는 휴일을 즐기는 인파로 넘쳐났다. 내일 일정으로 잡은 롯코六甲산과 아리마有馬온천으로 가는 방법을 알아보려고 산노미야역 근처의 관광안내소부터 찾았다.

안내소에는 젊은 직원은 없고 중년의 아주머니와 나이가 지긋한 할머니들이 일하고 있다. 20여 년 전 일본을 드나들 때만해도 관광안내소 직원들은 대부분 젊은 여성이었다. 한국보다 먼저 저출산·고령화 및 노동력 부족을 겪은 일본에선 노인의 일자리 창출에 열심인데, 관광안내소도 그런 시류를 타는 것일까. 체구가 아담한 백발의 할머니 한 분이 나를 보자 "이랏샤이마세!"라고 인사한다.

"실례합니다. 내일 롯코산이랑 아리마온천에 가려고 하는데요. 아리마-롯코 주유周遊패스 1일권을 어디서, 어떻게 살 수 있나요?"

뒤에서 다시 설명하겠지만, 롯코산과 아리마온천은 고베 시내의 동북쪽에 자리한 산지의 관광지들이다. 롯코산 전망대에 오르면 오사카만과 그 바다를 둘러싼 고베와 오사카의 전경을 한눈에 감상할 수 있다. 아리마온천은 일본에서 '3대 명천'으로 꼽힐 만큼 유명한 온천이다. 두 곳 모두 중심가에서는 거리가 조금 있는 데다, 산을 올라가고 넘어가야 하니 교통편도 복잡해 비용이 꽤 든다. 아리마-롯코 주유패스 1일권을 사두면 두 곳을 다녀올 때 타야 하는 일반 열차, 버스, 케이블 열차, 케이블카 등을 온종일 마음껏 이용할 수 있어 이득이다.

"이 근처라면 고베산노미야역 개찰구에서 직원한테 직접 구입하는 게 가장 쉬워요. 열차 타기 전에 사면 되니까요. 아, 그리고 산노미야역과 고베산노미야역은 노선이 다른 역이니까 주의하고요. 롯코산과 아리마온천으로 가는 열차는 산노미야역이 아니라 고베산노미야역에서 타야 하는 점을 잊지 마세요."

할머니는 지도를 꺼내 표 파는 위치까지 표시해주며 막힘없이 술술 설명한다. 연세가 제법 돼 보이는데 잘 알려주실 수 있을까 걱정했던 게 무색하다. 복잡한 교통편을 어느 지점에서 어떻게 갈아타는지, 소요 시간은 어느 정도인지 스마트폰으로 검색 한 번 하지 않고도 아주 상세하게 가르쳐준다. 노익장에 감탄. 사실 지역에 관한 정보는 그곳에서 오래 살아본 사람일수록 더 익숙할 것이다. 스마트폰 의존도가 높은 젊은이보다 삶의 경험이 쌓이고 쌓인 노련한 중장년의 직원이 관광안내소에선 훨씬 생생한 지역 정보를 제공할 수 있을지도. 그래서 내친 김에 물었다.

"저녁식사 할 곳을 추천해주실 수 있을까요? 고베의 향토 음식이 맛있는 곳으로요."

고베에서 지내는 동안 요네하라 마리가 소개한 맛집만으로는 식사 스케줄을 다 채울 수 없다. 그녀의 방문 일정은 겨우 1박 2일이라서 아무리 대단한 먹성을 자랑한다고 해도 식사 횟수가 한정적이었고, 그나마 책에 나온 식당 가운데엔 폐업한 곳

롯코산 전망대에서 보이는 고베 야경. 이런 야경을 볼 수 있을 줄 알았다.
©Laitr Keiows(Wikimedia Commons)

들도 있었기 때문이다. 그래서 늘 하던 대로 현지인의 맛집 추천을 받아 빈칸을 메꿀 요량이었다.

"고베에 오시면 다들 스테이크는 꼭 드시더라고요. 와규和牛(일본 소) 중에서도 고베규神戶牛(고베 소)는 맛이 좋기로 특히 유명하니까요. 시내 어디에나 스테이크집들이 흔한데, 고베산노미야역 북쪽 상점가에 가면 엄청 많아요."

고베규의 명성은 익히 들어 알고 있다. 요네하라 마리도 고베에서 스테이크를 먹고 갔다.《미식견문록》에 소개한 '아라가와'라는 곳인데 지금도 영업 중이다. 하지만 내 리스트에서 '아라가와'는 애당초 제외. 딱히 육류를 즐기는 편이 아니기도 하지만, 음식 값이 워낙 비싸서다. 요네하라 마리가 방문한 오래전에도 코스 요리(단품은 없다)가 2만 엔이라서 '초호화 럭셔리' 식사였는데, 세월이 한참 지나 물가가 오른 지금은 무려 3만 6,300엔. 아무리 엔저라고 해도 혼자서 한 끼에 30만 원 넘는 돈을 쓰는 건 나의 여행비 예산에선 '오버'다. 더구나 요네하라 마리의 스테이크 평가 역시 "정작 메인 요리는 내 입에는 별로였다." 라서 굳이 맛볼 이유도 없다. 그래서 육류 요리는 선택지에 없었는데 간만의 강행군으로 체력이 달리는지 고베규니, 스테이크니 하는 단어를 듣자 갑자기 쇠고기가 확 당긴다. 그래, 저녁 메뉴는 스테이크로 확정.

"그 많은 스테이크집 중에서 관광객들이 주로 가는 데 말고 현지인으로서 추천하시는 단골집은 어디예요?" 현지인 할머니의 오랜 단골집이야말로 가장 믿을 만한 맛집 아니겠나. 초롱초롱한 눈빛으로 할머니의 대답을 잔뜩 기대했다. 그런데 웬걸.

"스테이크 단골집이요? 몰라요, 안 먹어봐서. 그게 얼마나 비싼데요. 우리네야 일부러 스테이크 먹으러 갈 일이 어디 있나요. 죄다 관광객분들 상대로 장사하는 가게들인걸요. 정육점에서 고기 사다가 집에서 구워 먹으면 값도 싸고 맛도 좋은데…."

철판요리의
발상지

아쉽게도 관광안내소 할머니의 단골 맛집은 아니지만, 여행자들에게 인기가 높다며 할머니에게서 추천받은 곳은 산노미야역 근처의 '스테키란도ステーキランド'다. '스테이크의 나라'라는 뜻으로 지었을 'Steakland'의 일본식 발음이다. 색바랜 붉은 쇠고기 덩어리 사진을 커다랗게 박아둔 촌스런 간판이 레트로 느낌을 물씬 풍긴다. 1973년에 창업했다니, 간판에서 느껴지는 세월감은 고베에 터전을 마련해서 오랫동안 영업을 이어온 스테키란도의 자랑거리일 테다.

검색해보니 다양한 국적의 손님들이 남긴 후기가 어마어마하게 많다. 가격대가 비교적 저렴한 런치 메뉴를 파는 점심시간에는 줄을 서서 먹는다고 나온다. 역 부근에 3개의 지점(고베관, 고베점, 야마사키점)이 모여 있는데, 찾아간 곳은 고베점. 오후 5시가 조금 넘어 저녁식사 먹기엔 아직 이른 시간인데도 문 앞에 "죄송합니다. 만석입니다."라고 적힌 알림판이 세워져 있다. 내 앞에 먼저 온 2명의 일행은 알림판 앞에 서서 대기 중이다. 그대로 기다릴지, 아니면 다른 가게로 갈지 망설이는데 엔카 가수 고바야시 사치코를 닮은 노란 단발머리의 마마상이 나와 인사한다.

"손님 한 분이십니까?"

"그렇습니다."

"지금 한 분 좌석은 남아 있습니다. 안내해드리겠습니다."

'혼밥'의 최고 단계는 고깃집이라지. '혼밥'이 흔한 일본에서조차 혼자 스테이크를 먹는 경우는 드문 걸까. '나 홀로'의 특혜로 먼저 온 손님 2명을 제치고 재즈 음악이 잔잔하게 흘러나오는 홀 안으로 들어섰다. 한가운데에 타원형으로 설치된 거대한 철판과 카운터석이 시선을 사로잡는다. 보통 스테이크라고 하

면, 주방에서 구워 나온 고깃덩어리를 포크와 칼로 우아하게 고상을 떨며 썰어 먹는 음식을 연상하게 마련이다. 그런데 이곳의 스테이크는 손님 바로 앞에서 요리사가 철판 위에 고기를 구워서 내주는 뎃판야키鉄板焼き(철판구이) 스테이크다. 한국에서도 한동안 유행했던 철판구이가 탄생한 곳이 바로 이곳 고베다. 사연이 있다.

일본은 살생을 금하는 불교의 영향으로 오랜 세월 육식을 꺼렸다. 675년 덴무天武 일왕이 소, 말, 개, 원숭이, 닭의 고기를 먹지 못하도록 발포한 율령이 계기가 됐다. 이게 생각해보면 참 웃긴다. 전쟁과 침략을 밥 먹듯이 일삼아 수많은 인명을 앗아간 나라 아닌가. 고기를 먹는 살생은 피하면서 타인의 땅과 재산을 탐하며 사람은 얼마든지 살해한 이중잣대에 기가 찬다. 아무튼 일본인의 식탁에 고기가 본격적으로 다시 오른 건 쇄국을 포기하고 1853년 서구 세력에 빗장을 연 이후다(메이지 일왕의 육식해금은 1872년). 서양인이 일본에 대거 이주해 오면서 그들의 식문화인

고베산노미야역 북쪽의 유흥가인 산셋토도리의 스테키란도 고베점. 이 거리에는 이 가게 말고도 스테이크 가게가 무척 많다.

육식도 함께 들어왔다.

1868년 개항한 고베에선 고기를 먹는 문화가 다른 지역에 비해 빨리 자리를 잡았다. 세계적으로 명성이 높은 와규 중에서도 고베규를 으뜸으로 꼽는 데는 그런 배경이 있다. 고베의 농가에선 예로부터 '다지마우시但馬牛'라고 불리는 검정소를 쟁기질을 하거나 우차를 끄는 용도로 많이 키웠는데, 개항 이후 고베로 건너온 어느 영국인이 본국에서처럼 맛있는 쇠고기를 즐기려고 열심히 물색하던 중 농경용 다지마우시를 먹어보고 그 맛에 감탄한 뒤 소문이 나자 고베의 서양인들에게 농경용 다지마우시가 식용으로 보급되었고, 품종 개량을 거듭하면서 품질 좋은 고베규가 탄생했다는 스토리. 영국인에겐 횡재였겠지만 뼈빠지게 일하다 도살장으로 줄줄이 끌려간 소들 입장에선 재앙의 시작이었을 테지. 해피엔드 스토리라고 할 수는 없겠다.

한편 제2차 세계대전이 끝난 1945년, 고베에는 패전국 일본을 점령한 미군이 주둔했다. 영국인은 저리 가라 할 정도로 육식을 즐긴 미군들을 상대로, 고베의 '미소노みその'라는 오코노미야키 가게에서 철판 위에 오코노미야키 반죽 대신 고베규를 구워 팔기 시작한 게 뎃판야키의 시작이었다고 한다. 말하자면,

서양식 요리인 스테이크에 일본식 오코노미야키 철판 조리법을 접목시킨 게 뎃판야키 스테이크다. 이게 대박이 난 뒤 비슷한 가게가 줄줄이 생기면서 고베에는 뎃판야키 스테이크 가게가 그토록 많아진 것이다. 산노미야역 주변만 해도 스테키란도를 포함해 여러 스테이크집이 즐비하게 들어서 있다.

신기한
스테이크의 나라

카운터석에는 내가 앉은 딱 한 자리만 빼고는 빈 좌석이 없다. 철판과 요리사 쪽을 향해 나란히 둘러앉은 손님 중에는 서양인이 꽤 보이고 한국어, 영어, 일본어, 중국어 등 다양한 언어가 들린다. 영락없는 관광지 음식점 분위기다. 레트로 느낌의 간판에서 예상한 대로, 짙은 갈색의 대리석 타일 벽이며 목재 수납장 등 매장 인테리어는 '7080' 스타일이다. 철판 앞에서 고기며 채소를 굽느라 분주한 요리사들은 새하얀 조리모와 조리복에 까만 에이프런과 머플러를, 홀 서빙을 담당하는 종업원들은 흰

커다란 철판 위에서 요리사의 재빠른 손놀림 속에 익어가고 있는 나의 스테이크. 웰던으로 주문했는데도 고기가 입안에서 사르르 녹는다.

셔츠에 검은 조끼와 넥타이, 바지를 맞춰 입었다. 복장도 클래식하다.

런치 메뉴에는 1,200엔짜리 스테이크 세트가 있는데, 디너 메뉴는 고기 양이 살짝 많다고는 해도 가격이 확실히 비싸다. 가장 저렴한 일반 스테이크 세트가 3,200엔. 그래도 기왕 고베까지 왔으니 고베규를 맛보자는 생각에 5,300엔의 고베규 스테이크 세트를 주문했다. 메뉴를 고르자마자 펭귄처럼 흑백으로 차려 입은 종업원이 다시 묻는다.

"식사는 빵과 밥 중에서 어느 것으로 하시겠습니까?"

옛날 경양식집이 떠오른다. 고기 씹을 때 꼭 쌀밥을 같이 입에 넣어줘야 하는 나는 고민할 것 없이 밥으로. 음료도 골라야 하는데 오렌지 주스와 커피 중 주스를 선택했다. 주문을 마치자 곧바로 샐러드와 쇠고기 수프가 나온다. 국물이 말간 수프는 토마토를 넣어 신맛이 나서 입맛을 돋운다. 철판 너머의 요리사가 고기를 가져와 "손님에게 대접할 고베규 스테이크"라며 확인시킨다. 마블링이 모자라지도 지나치지도 않게 딱 적당히 들어간 선홍색의 큼직한 고깃덩어리가 탐스럽다.

채소부터 철판 위에 올려 볶는다. 원래 스테이크엔 가니시를 곁들이니까 갈릭 칩, 느타리버섯, 청경채, 숙주, 호박까지는 그러려니 했는데(이것도 어딘가 동양적이지만) 한 가지 신기한 재료가 눈에 띈다. 곤약이다. 스테이크에 곤약이라니, 그야말로 동서양 음식의 혼종 구성이다. 그러고보니 테이블 위엔 포크와 나이프 대신 나무젓가락만 놓여 있다. 일본 음식을 먹듯이 젓가락으로

밥, 곤약, 단무지까지… 동양적인 느낌이 물씬 풍기는 고베의 철판 스테이크. 아무튼 맛있다.

고기와 밥을 집어 먹는 것이다. 반찬으로 나온 노란 단무지와 초록의 규리즈케(오이 절임) 역시 서양에서 비롯한 스테이크의 정체성을 뒤흔든다.

채소와 고기를 굽고, 소금과 후추를 뿌려 양념하고, 각 재료를 먹기 좋은 크기로 잘라내고, 그릇에 착착 담아내는 요리사의 손놀림엔 거침이 없다. 화려한 불쇼는 없지만 동영상을 2배속으로 재생시키는 것처럼 손이 정말 빨라서 눈을 뗄 수 없다. 이런 볼거리 또한 철판 요리의 묘미다. 고기 굽는 시간이 좀 더 걸리는 웰던으로 선택했는데도 그릇에 담을 때까지 고작 3분 24초 걸렸다. 하지만 중요한 건 맛이다. 고베규의 고기 맛은 어떨까 기대하며 스테이크 한 점을 입에 넣는데….

살살 녹는다! 웰던이라서 좀 질기지 않을까 걱정했지만 예상과 달리 참치회처럼 육질이 야들야들하다. 심지어 느끼하지도 않다. 씹을 때마다 고소하고 진한 육향이 입안에 퍼지고 육즙이 혀에 착착 감겨서 목구멍 너머로 삼키는 게 아까울 정도. 걸쭉한 스테이크 소스와 상큼한 일본식 유자 소스가 같이 나왔는데, 유자 소스나 소금만 살짝 찍어 먹는 게 고기 본연의 맛을 덜해친다. 맛있는 고기엔 소스 따위는 필요 없는 법이니까. 이래서 다들 고베규, 고베규 하는구나. 스테이크를 먹는 건 계획에 없었지만 맛보지 않았더라면 후회할 뻔했다.

고가상점가에서
붉은 거리로

고베규로 행복하게 배를 불린 뒤 '스테이크의 나라'에서 출국
해 근처 상점가를 어슬렁거렸다. 쇼핑엔 흥미가 없지만 재밌는
가게가 많아 자꾸 기웃거리게 된다. 특히 JR고베선의 고가철도
바로 밑에 조성된 '피아자 고베ピアザ神戸'에선 뭘 먹거나 사지도
않고 구경만 하는데도 시간 가는 줄 몰랐다. 산노미야역과 모토
마치역 사이를 잇는 약 400미터의 고가철도 아래 공간에 조성
된 이곳에는 160여 개의 작은 점포가 자리한다. 고가 밑의 죽은
공간을 활용한 상점가는 도쿄에서도 가본 적이 있다. 도쿄에서

는 고가 밑 도로와 접한 쪽에 주로 음식점이나 술집, 카페가 있는 식이었다. 그런데 '피아자 고베'는 도로 쪽에 가게들이 쭉 늘어선 것은 물론, 안쪽에도 동굴처럼 복도가 나 있다. 그 안으로 들어가면 양쪽에 이런저런 가게들이 옹기종기 자리 잡은 게 색다르다.

모토마치역까지 쭉 걸으며 구경하니 스테이크집, 정식집, 이자카야, 케밥집, 빵집, 과자점, 아이스크림 가게, 카페, 찻집 등 먹을 곳 천지다. 옷, 신발, 모자, 가방, 안경 등 다양한 패션 리테일숍을 비롯해 휴대폰, 식료품, 건강식품, 화장품을 파는 가게, 마사지숍, 부동산, 약국, 꽃집까지 없는 게 없다. 요즘 트렌드를 담은 세련된 가게 바로 옆에는 옛날 감성이 충만한 촌스런 가게가 자리해 분위기도 제각각이다. 백화점이나 대형 쇼핑몰과 달리, 서울고속버스터미널 지하상가처럼 꾸미지 않은 '날것'의 냄새를 강하게 풍기는 상점가라서 보는 재미가 쏠쏠하다. 천장 위로 열차가 지나갈 때마다 "쿠당쿠당" 하는 소리가 들리는 것도 운치 있고.

호텔이 있는 모토마치로 돌아와 한 골목 건너편의 난킨마치南京町로 향한다. 난킨마치는 고베의 중국인 거리다. 일본에선

요코하마橫浜의 주카가이中華街, 나가사키長崎의 신치주카가이新地中華街, 고베의 난킨마치가 3대 차이나타운으로 꼽힌다. 세 도시 모두 근대 개항지라는 공통점이 있다. 일본이 개항한 뒤 이들 도시에선 서양인들과의 소통과 거래가 급격히 늘었다. 하지만 당시 일본인 중에는 서양 언어를 유창하게 구사하거나 그들의 상법을 아는 사람이 드물었다. 그래서 이미 서양 언어와 거래 방식에 익숙하고 한자로 일본인과 소통할 수 있는 청나라 상인들이 통역 겸 중간상인 역할로 개항지에 들어온 것이다. 청나라 사람들의 커뮤니티가 형성되자 무역상이 대거 이주해 오면서 이들 세 도시엔 중국인 거리가 들어섰다. 덧붙이면, 난킨마치라는 지명은 과거 일본에서 중국인을 '난킨상', 중국 물건을 '난킨'이라고 부르던 데서 유래했다. 중국의 대도시인 난징南京을 일본식으로 발음한 게 난킨인데, 과거엔 다른 도시의 차이나타운도 난킨마치로 불렸다고 한다.

요코하마와 나가사키의 차이나타운은 예전에 두세 번씩 가봤다. 초행길인 고베의 차이나타운은 어떨지 자못 궁금했다. 다른 두 도시의 중국인 거리에 비하면, 난킨마치는 골목이 좁고 규모도 작다. 높다란 패루牌樓며 새빨간 가로등과 간판이 차

이나타운 특유의 분위기를 자아내는데, 일부러 구경 갈 만큼 대단한 볼거리는 없다. 난킨마치를 찾은 데엔 따로 목적이 있다. 요네하라 마리가 《미식견문록》에서 극찬한 '간소교자엔元祖ぎょうざ苑'의 야키교자(군만두)를 맛보는 것이다. 저녁식사로 무려 철판 스테이크 한 덩어리에 밥 한 공기까지 싹싹 비웠지만, 군만두는 생맥주의 안주로 곁들일 테니 별개다. '밥 배'와 '술 배'는 따로, '술 배'와 '안주 배'도 따로. 이런 핑계를 되뇌며 스스로를 설득한다. '피아자 고베'를 쏘다니면서 다행히 소화도 얼추 됐고.

이 붉은 거리에서 요네하라 마리는 먼저 '로쇼키'라는 가게의 돼지고기 만두를 사 먹었다. 긴 행렬에 주인아주머니의 불친절까지 참아냈지만, 기대와 달리 "줄 설 가치는 없었다."는 게 그녀의 결론. 크게 실망한 뒤 못내 아쉬워 곧바로 다시 맛본 만두가 '간소교자엔'의 야키교자다. 역시 대식가답다. 책에는 다음과 같이 간단히 소개돼 있다.

다음은 맞은편의 '간소교자엔'으로. 이곳 점원도 로쇼키와 우열을 다툴 정도로 통명스러워 이번에는 기대하지 않고 주문했지만, 정작 나온 군만두 1인분이 얼마나 맛있던지! 좀 전에 억지로 먹은 것이 후회스러웠다. 안 그랬다면 한 접시 더 먹는 것쯤이야 식은 죽 먹기였는데.

'간소교자엔'의 군만두,
얼마나 맛있던지!

책에 간소교자엔의 위치가 로쇼키의 "맞은편"이라고 나와서 좀 헤맸는데, 그리 멀지는 않지만 맞은편은 아니다. 저자가 글을 쓸 때 착각한 모양이다. 가게 이름에서 '간소'는 '원조', '교자엔'은 '만두의 정원'이라는 뜻이다. 원조를 강조하는 노포답게 옛날 분위기의 나무 간판이며 새빨간 노렌(가게 출입구에 쳐놓는 발)에는 '창업 쇼와 26년'(1951년)을 자랑스레 적어놓았다. 주변엔 규모가 더 크고 홍등과 네온사인으로 외장을 화려하게 꾸민 다른 중화요리집이 즐비한데, 치파오를 곱게 차려입은 늘씬한 여성들이

가게 앞에 나와 호객 행위에 열심이다. 이와 대조적으로 간소교 자엔은 굳게 닫힌 출입문 앞에 아무도 서 있지 않고 장식도 초라하다. 호객 따위 하지 않아도, 겉치레에 신경 쓰지 않아도 손님이 알아서 찾아드는 '원조'의 자신감이 느껴진다.

문을 열고 들어가자 썰렁한 바깥과 달리 안에는 손님이 가득하다. 딱히 배가 고픈 건 아니지만(무려 스테이크를 먹고 왔으니) 중화요리의 정체성을 고스란히 반영한 붉은색 식탁과 의자가 식욕을 자극한다. 유행 지난 살구색 바닥 타일이며 목재 천장 등 실내 분위기도 가게 외부처럼 수수한데, 여느 맛집이 그러하듯 벽에는 유명인들의 사인과 사진이 한가득 걸려 있다. 분식집처럼 아담한 가게인데 주방과 홀에서 일하는 점원의 수가 꽤 된다. 손님이 많다는 증거다. 퉁명스웠다는 요네하라 마리의 불평과 달리, 다들 목소리 높여 "이랏샤이마세!"를 외치며 반가이 맞이한다. 주문받고 음식을 내주는 점원의 태도 역시 친절하다. 《미식 견문록》의 적나라한 서비스 평가에 충격이라도 받았던 걸까. 중요한 건 맛이지만, 미식을 기분까지 좋게 즐길 수 있다면 금상첨화지. 메뉴판 훑을 필요도 없이 요네하라 마리가 맛보고 간 군만두, 즉 야키교자 1인분과 생맥주를 주문했다.

간소교자엔의 군만두와 미소다레, 그리고 생맥주. 미소다레 소스를 처음 선보인 곳이라서 가게 이름에 '원조'가 들어간다.

차이나타운에 있지만 가게를 창업한 사람은 중국인이 아니라 오카야마岡山현 출신의 일본인 고로스에 요시오頃末芳夫다. 그는 만주사변(1931년) 이후 일제의 지배하에 놓인 중국으로 건너가 만주와 산둥성에 살며 현지 일본인을 대상으로 식당을 운영했다. 1945년 패전 이후 일본으로 귀국한 고로스에는 중국에

서 즐겨 먹던 만주의 만두와 산둥성의 자지앙멘(한국 짜장면의 원조로 일본 명칭은 자자멘ジャジャ麵)을 일본에서 직접 만들어 팔기로 한다. 1951년 가게를 연 곳은 차이나타운이 있으면서 항구도시로 번영을 누린 고베였다. 당시에는 만두 자체가 일본인들에게 생소한 먹을거리였는데, 고로스에 요시오가 야키교자와 그 단짝인 미소다레(일본 된장, 설탕, 술 등을 넣은 소스)를 처음 선보였다고 가게 측은 주장한다. 중국에선 만두에 라요우辣油(고추기름)를 찍어 먹지만, 일본인 입맛에 맞게 미소다레를 개발했다는 것이다. 가게 이름에 '간소', 즉 '원조'를 넣은 이유가 그래서다. 다른 만두집들과 달리 테이블 위에 고추기름 대신 미소다레를 올려둔 것도 원조로서의 고집 때문이다. 군만두를 기다리는 동안 메뉴판을 다시 살펴보니 정작 음식 종류는 단출한데, 흥미로운 홍보 문구들이 잔뜩 쓰어 있다.

간소교자엔의 원칙 5개조

1. 미소다레와 수제 만두피: 고베 특유의 식문화인 '미소다레 교자'. 저희 가게는 교자(를 찍어 먹는) 미소다레를 선보인 가게입니다.

2. 고베규를 만두소에 반죽해 넣습니다: A5등급의 고베규 9.1%와 돼

지고기 90.9%의 황금배합률입니다. 오늘 사용한 고베규의 생산지 증명서는 가게 안에 붙여놓았습니다.

3. 땅콩기름 100%로만 구워드립니다: 아마 일본에서는 저희 가게뿐일 겁니다. 땅콩기름은 희소한 고급 기름입니다. 풍미가 다릅니다.

4. 조미료 한 알까지 원칙을 따집니다: 교자에 넣는 소금은 아코赤穂의 천일염, 튀김만두揚餃子에 뿌리는 소금은 암염, 아리마산초라는 원칙.

5. 감칠맛 내는 조미료 무첨가: 감칠맛 내는 조미료(화학조미료)를 쓰지 않는 교자 가게는 일본에선 찾아보기 힘듭니다.

수제 만두피에, 고베규에, 땅콩기름에, 산초에, 화학조미료 무첨가까지…. 기대감은 무럭무럭 커지고 입안에 침이 고이는데 때마침 야키교자 1인분(6개, 495엔)이 눈앞에 떡! 보기엔 그동안 먹어본 교자와 비슷해서 그렇게 대단한지 모르겠다. 입에 넣고 나니, 고개를 절로 끄덕이게 된다. 아, 이래서 요네하라 마리가 한 접시 더 못 먹은 걸 그토록 안타까워했구나.

간소교자엔의 야키교자 맛은 깔끔하다. 적당한 육즙을 품은 만두소는 화학조미료를 넣지 않아 억지로 끌어올린 인공의 감칠맛이 없다. 양질의 재료가 내는 맑고 솔직한 맛이 매력이다

질리지 않는다. 땅콩기름과 고베규 덕분인지 느끼함 대신 고소한 향이 입안을 가득 채운다. 일본 우동면 제법을 응용해 반죽을 만든다는 수제 만두피는 쫄깃쫄깃하면서도 기름에 튀긴 쪽은 바삭바삭, 씹는 맛이 일품이다. 가게에서 추천하는 대로 미소다레를 찍어 먹으니 진한 고소함과 기분 좋은 달짝지근함이 혓바닥 위에서 쫘악 퍼진다. 오물오물 맛나게 씹어 삼킨 뒤 뽀얀 거품이 도톰하게 쌓인 시원한 생맥주로 목구멍의 기름기를 싹 씻어내니 기막힌 궁합 완성! 요네하라 마리 씨, 덕분에 맛있게 잘 먹었습니다.

셋째 날,
아리마온천과 하루키

神戸の発見

산노미야의
아침 얼굴

낯선 여행지에 가는 건 작은 도전이다. 가벼운 모험이다. 길도
풍경도 생소한 장소를 돌아다닐 때엔 설렘의 한편에 위구심이
들어선다. 익숙하지 않은 건 흥미로우면서도 불편하게 마련이
니까. 여행을 즐기는 사람에겐 설렘이, 여행을 꺼리는 사람에겐
위구심이 더 크게 다가올 테다. 어제 고베에 처음 도착해서 모
토마치 상점가를 지나 산노미야를 찾아갈 때에도 조금은 불편
했다. 물론 도시 한복판의 상점가에서 위험에 맞닥뜨릴 일이야
극히 드물다. 그래도 이게 맞는 길인지, 방향을 제대로 잡은 것

인지 확신할 수 없으니 살짝의 위구심이 들었다. 그런데 겨우 반나절 돌아다니고나니 벌써 길이 눈에 익는다. 아침 일찍 호텔을 나서자마자 이미 파악한 가장 빠른 경로로 산노미야까지 거침없이 걷는다. 스마트폰의 구글 맵을 힐끗거리지도, 주변을 두리번거리지도 않는다. 처음이 어렵지, 두 번째는 쉬운 법이다.

어제 관광안내소 할머니가 알려준 고베교통센터빌딩이 저 만치에 보인다. 건물 안으로 들어가면 롯코역 방향의 JR열차를 타는 고베산노미야역으로 통한다고 했다. 빌딩 앞 횡단보도의 보행신호가 바뀌길 기다리며 섰는데, 마침 열차가 역을 들러갔는지 갑자기 건너편에서 사람들이 쏟아져 나온다. 번화가인 산노미야에는 관광객이 즐겨 찾는 음식점, 술집, 상점, 백화점 등 각종 상업 시설이 모여 있기도 하지만, 고베 시청과 은행, 병원, 회사 등 다양한 업무 시설이 자리한다. 시계를 보니 오전 8시 17분. 편한 옷차림으로 모처럼의 공휴일을 즐기며 하하호호 웃고 떠들던 어제 오후의 사람들은 온데간데없다. 누가 봐도 '사무실 복장'을 입은 무채색의 직장인들이 그 자리를 대신 차지했다. 다들 멍하게 허공을 바라보거나 스마트폰에 시선이 꽂혀 있다. 표정은 굳어 있다. 미간을 찌푸린 이들도 여럿이다. 겨우

12시간 만에 고베의 얼굴은 딴판으로 변했다. 도시의 이런 드라마틱한 표정 변화가 고베에서만 생기는 건 아닐 테지만.

고베산노미야역 개찰구 옆 매표소의 역무원에게서 아리마-롯코 주유패스 1일권을 구입했다. 역무원이 볼펜으로 패스 뒷면의 기입란에 오늘 날짜를 적는다. 하루 동안 이 패스 하나로 교통비 신경 쓰지 않고 롯코산 전망대며 아리마온천 마을을 실컷 돌아다녀야 한다. 2,400엔이나 썼는데 본전을 확실히 뽑아야지. 미리 얘기하자면, 진짜 진짜 확실히 뽑았다.

패스와 더불어 지도와 이런저런 시설의 할인권을 잔뜩 준다. 쓸데없는 다른 할인권은 가방에 아무렇게나 처박아뒀지만, 온천 무료 이용권은 미리 따로 챙겨 지갑에 고이 넣었다. 패스에 딸려 오는 이 이용권으로 지정된 온천 시설 두 곳 중 한 군데를 골라 그냥 들어갈 수 있다. 아침부터 이미 기온이 섭씨 30도에 달해 온천탕이 그리운 날씨는 전혀 아니다. 그렇다고 가지 않으면 손해다. 아리마온천이 일본 3대 온천이라는데 여기까지 와서 그냥 지나치기는 섭섭하다. 그래도 쪄 죽지 않으려면 그나마 더위가 덜한 오전 중에 온천욕 미션을 완수하는 게 낫다. 패스로 갈 수 있는 가장 먼 지점이자 최종 목적지인 아리마온천부터 들르기로.

　대강 알고는 있었지만, 갈아타고, 갈아타고, 갈아타고, 또 갈아타고…. 가는 길이 번거롭다. 우선 고베산노미야역에서 롯코역까지는 전철을 탄다. 롯코역에서 내려 시내버스(16계통)로 환승한 뒤 '롯코케이블시타下역'까지 간다. 산 아래에 있는 '롯코케이블시타역'에서 산 위의 '롯코산조山上역'까지는 '롯코케이블'이라 불리는 강삭철도(산의 급경사면을 오르내리도록 고안된 철도)로 이동한다. '롯코산조역'에 도착하면 다시 역 앞 정류장에서 롯코산의 주요 관광지를 오가는 '롯코산조버스'로 갈아탄다. 버스를 타고 종점인 '롯코산초山頂역'에 내려 이번엔 '롯코-아리마 로프웨이'로 환승한 뒤 '아리마온천역'까지 간다. 여기서 끝이 아니다. '아리마온천역'에서 아리마온천마을까지는 다시 산길을 걸어야 한다. 아이고, 이런….

　정리하자면, 시내 중심부인 산노미야에서 아리마온천까지 전철, 버스, 케이블 열차, 버스, 로프웨이, 도보의 순으로 이동하게 된다. 한국과 일본의 케이블카 의미가 다른 데다(한국의 케이블카를 일본선 로프웨이로 부르며, 일본의 케이블카는 앞서 언급한 강삭철도), 산조역이니 산초역이니 역 이름은 또 왜 이리 비슷해 헷갈리는지! 물론 같은 패스로 이 골치 아픈 환승 지옥의 경로 말고 지하철과 전철을 한 번만 갈아타면 도착하는 간단한 방법도 있긴 하다. 시간상으로도 그 편이 훨씬 덜 걸린다. 하지만 여행이다. 답답한 지하철 대신 롯코케이블과 롯코-아리마 로프웨이에 올라 여행하는 기분을 내고 싶었다.

롯코산에서의
신선놀음

롯코케이블시타역에 도착했다. 롯코케이블이 처음 운행한 건 1932년이고, 이때 산 아래에 롯코케이블시타역, 산 위에 롯코산조역이 세워졌다. 롯코산조역은 당시 건물을 그대로 사용 중인데, 지금의 롯코케이블시타역은 1938년 산사태로 기존 건물이 무너진 뒤 같은 해에 다시 지은 역사驛舍라고 한다. 외벽은 최근에 다시 칠한 듯 깨끗한데 모양새가 한눈에도 오래돼 보인다. 그렇다고 고풍스러운 건 또 아니다. 스위스 산장을 어설프게 흉내 낸 느낌이랄까? 장인의 창의력과 고뇌가 담긴 진품은 깊은 감동을 주지만, 모조품에선 싸구려 감성이 느껴지는 법이다. 오전 9시에 출발하는 열차를 간발의 차로 놓쳐 기다리면서 살펴보니, 가파른 계단이 쭉 이어진 승강장 내부 시설도 무척 허름하다. 벽에는 군데군데 곰팡이가 피어 있다. 그래도 1930년대에 지은 관광시설을 이제껏 활용한다는 사실 자체는 놀랄 만하다.

산 위를 다녀온 케이블 열차가 승강장의 경사면을 따라 유유히 내려온다. 빨간색과 청록색으로 칠한 차량은 1999년 새로 투입된 모델인데, 근대의 디자인을 재현한 것이다. 역 건물처럼 이쪽도 유럽 열차의 엉성한 모조품 같다. 승객은 나를 제외하곤 중화권 관광객 가족 한 팀과 일본인 커플이 고작. 대부분의 자리가 텅텅 빈 채로 출발한다. 열차의 천장에는 유리를 끼워 산 위로 올라가는 동안 어느 좌석에서든 고베 시내와 바다를 볼 수 있게 만들었는데, 정작 표면이 지저분해 불투명 유리처럼 변해 있다. 앞차를 놓치고 대기 줄의 첫 번째로 서 있던 나는, 앞 유리를 통해 산 아래 전망이 가장 잘 보이는 맨 아래쪽 자리를 선점했다. 그런데 이 열차, 술 취한 사람에겐 위험할지도 모르겠다. 매사 안전제일을 추구하는 일본답지 않게 좌석엔 안전벨

트가 없고 양 옆으로는 난간만 있을 뿐 유리창도 없이 뻥 뚫렸다. 마음만 먹으면 얼마든지 운행 도중에 밖으로 뛰어내릴 수 있다. 그런 일이 벌어지면 어떻게 될까? 급경사를 따라 산 아래로 데굴데굴 굴러떨어지려나. 아, 왜 이 나이에도 이런 철없고 극단적인 만화적 상상을 하는 건지.

승강장과 터널을 벗어나자 롯코산의 우거진 초목이 바로 옆

롯코케이블카. 경사면을 오르내리도록 사선으로 철로를 놓은 열차다. 2종류의 디자인 중 페스티벌(?) 분위기를 냈다는 '클래식 타입' 차량.

을 스친다. 손 내밀면 나뭇잎을 만질 수 있을 정도로 가까운 구간도 있다. 산바람에 실려오는 피톤치드 향에 가슴속이 상쾌해진다. 멀리 고베 시내와 앞바다가 눈에 들어온다. 그런데 울창한 나무 사이로 살짝 드러난 풍경이고 바다 위에 안개도 좀 낀 날씨라서 그다지 시원한 볼거리는 아니었다. 아무튼 산은 산. 높은 곳으로 올라갈수록 공기가 달라진다. 출발할 때만 해도 한여름이었는데, 도착지인 롯코산조역이 가까워지자 계절이 선선한 초가을로 바뀐다. 안내 방송에 따르면, 열차는 시속 약 11킬로미터의 속도로 10분가량 1.7킬로미터를 달리며 493미터의 높이를 오른다고 한다.

롯코산조역에 내려 승차한 롯코산조버스는 굽이굽이 산길을 올라간다. 몇 안 되는 승객들은 도중에 식물원이며 기념탑 같은 관광지에서 차례로 내린다. 종점인 롯코산초역에 도착할 때엔 버스 안에 나를 포함해 달랑 2명만 남았다. 그런데 나머지 한 사람은 롯코산초역의 직원이다. 내리자마자 유니폼을 입은 다른 직원과 인사를 나누더니 곧장 역내 사무실로 들어간다. 로프웨이 승강장엔 패스를 확인하는 직원만 덩그러니 서 있고 다른 승객은 보이지 않는다.

롯코산과 아리마온천을 오가는 롯코-아리마 로프웨이. 앞쪽에는 의자도 마련돼 있다.

"승객이 저 혼자인가요?"

"지금 상황으로는 그렇습니다."

결국 출발시간인 오전 9시 50분, 롯코-아리마 로프웨이는 나와 운전기사 두 명만 태운 채 아리마온천역을 향해 떠난다. 42인승의 큼지막한 로프웨이를 혼자서 통째로 전세 낸 셈이다. 운행이 시작되자 고요한 객차 안에서 안내원이 마이크를 켜고 나한 사람을 위해 정성껏 설명을 해준다.

"롯코-아리마 로프웨이는 1970년부터 운행을 시작했습니다. 손님께서 타신 이 로프웨이는 2020년에 운행 50주년을 기념해 스위스에서 만든 로프웨이를 수입해 설치한 것입니다."

케이블카(로프웨이) 제조사로 유명한 스위스 CWA사의 올텐 공장에서 만든 것을 화물선에 실어 고베로 가져왔다고 한다. 역시 알프스의 나라답게 산악 교통수단의 기술을 선도해 지구 반대편의 고베까지 수출 실적을 올린 모양이다. 요즘 유행하는 케이블카처럼 바닥에 유리가 깔린 건 아니지만 4면이 통창으로 둘러싸여 경치가 시원하게 보인다.

"동쪽에 보이는 게 롯코산의 가장 높은 봉우리입니다. 해발고도 931미터입니다. 서쪽의 계곡 너머로는 날씨가 좋은 날엔 멀리 세토나이카이가 보이는데, 오늘은 아쉽게도 안개가 서렸네요."

케이블 줄을 매단 높이가 상당해서 헬리콥터를 타고 산과 계곡 위를 날아가는 기분이다. 탁 트인 파란 하늘과 하얀 뭉게구름, 발 아래로 광활하게 펼쳐진 롯코산과 그 위를 빽빽하게 뒤덮은 초록의 교목 숲. 그야말로 대자연이다. 입이 떡 벌어지고

롯코-아리마 로프웨이를 타고 가면 눈앞에 이런 시원한 풍경이 펼쳐진다.

가슴이 벅차오른다. 한동안 머릿속을 들볶아대던 번뇌와 잡념이 이 순간만큼은 깨끗이 씻겨나간다. 신선놀음이 따로 없다. 그래, 이 맛에 돈 쓰면서 여행 다니지. 항구 이미지 때문인지 오기 전에는 고베 하면 바다만 떠올렸는데, 산의 장대한 절경을 마주할 줄은 몰랐다.

아리마온천역까지 로프웨이로 12분이 걸린다. 탑승객이 나 혼자라서, 붙임성 좋은 안내원 청년과 두런두런 얘기를 나눴다.

"손님, 이번에 고베 말고 또 어디 가세요?"

"히메지 들러 히메지성 보고 어제 고베 왔어요. 이번엔 히메지랑 고베에서만 지내다가 돌아가요."

"정말요? 오사카나 교토는 안 가시고요?"

"예전에 가봐서요. 이번엔 고베 위주로 여행하려고요."

"고베가 제 고향이긴 한데, 여기는 오사카처럼 큰 도시가 아니라 구경할 곳이 아주 다양하지는 않아요."

"그래도 오늘 이 로프웨이 타고 놀랐는걸요. 롯코산 경치가 기대 이상인데요. 대만족이에요."

"그렇게 말씀하시니 저도 기쁩니다."

"그런데 원래 이렇게 승객이 없나요? 이렇게 넓은 객차에 설마 혼자 탑승할 줄은 몰랐어요."

"온천욕 하러 가기엔 지금 날씨가 너무 덥잖아요. 원래 이맘때면 아침저녁으로 선선해지는데, 올해는 정말 이상하네요. 게다가 아직 이른 아침이기도 하고요. 주말엔 손님들이 제법 계셔요."

"외국인 관광객도 많이들 타러 오나요?"

"일본인 손님이 대부분이에요."

아무래도 외국인에겐 환승 과정이 복잡해서일까? 하긴 처음이 경로를 접하고선 나 역시 골치가 아팠으니까. 패키지 여행의 경우라면 관광버스를 타고 아리마온천까지 한 번에 이동할 수 있으니, 시간도 비용도 더 소모되는 로프웨이를 일부러 타진 않을 듯하다. 그래도 누가 고베에 간다고 하면 롯코–아리마 로프웨이는 강력히 추천할 것이다. 고베는 바다보다 산이다. 고베, 잘 알지도 못하면서 별로 볼 건 없을 거라고 무시해서 미안.

금탕 온천인지
흙탕 온천인지

롯코산 정상에서 북쪽으로 내려가면 아리마온천이 있다. 산 위에선 모처럼 날씨가 선선해 좋았는데, 로프웨이에서 내리자마자 찜통더위가 다시 시작이다. 10분 남짓 걸어서 땀이 줄줄 흐르는 채로 온천마을에 당도해 목적지인 '긴노유金の湯' 온천을 찾아갔다. 아리마온천의 역사는 1,400여 년 전으로 거슬러 올라간다. 지금의 긴노유가 세워진 자리에는 옛날 왕족이나 귀족, 명사들이 찾아와 온천욕을 즐겼던 탕이 있었다고 한다. 말하자면, 이 동네 온천의 '원조'인 셈이다. 그런 의미로 간판에도 '아

리마 본온천本溫泉(근본이 되는 온천)'이라고 자랑스레 적어놓았다. 주변에 규모가 더 크고 근사한 온천 시설이 여러 군데 있지만 이곳을 으뜸으로 치는 건 그래서다.

긴노유의 역사는 그리 길지 않다. 기존의 낡은 욕탕 시설을 대대적으로 고친 뒤 개장한 게 2002년이다. 외관은 그럴싸한데 안에 들어가보니 명성과 연식이 무색하다. 소박하다 못해 우중충. 탕 내부의 푸르스름한 촌스런 타일이며 희끄무레한 조명 탓이다. 편백나무 욕조나 인조 바위, 인조 대나무 같은 관광지 온천 특유의 장식물도 없다. 시류에 떠밀려 곧 폐업할 것 같은 동네 구닥다리 목욕탕 같다. 겉치장에 신경 쓰지 않아도 될 만큼 온천 수질이 모든 걸 압도한다는 원조의 자신감일까?

탕은 온탕, 열탕, 냉탕이 있다. 황갈색 물이 가득 찬 온탕과 열탕은 온천수가 아니라 뜨겁게 데운 흙탕물처럼 보인다. 물에 함유된 철분이 산화돼 그런 색깔을 내는 것인데, 누런빛을 띠는 온천이라고 '긴센金泉(황금 온천)'이라 부른다. '금탕'이라는 뜻의 '긴노유'라는 이름 역시 '긴센'에서 비롯됐다. 건강에는 좋다는데 막상 눈으로 보니 너무 탁해서 몸을 담그고 싶은 마음이 영 들지 않는다. 게다가 각 탕의 욕조 크기도 작은 편이다. 그런데

'긴노유'의 외관. 전통 분위기로 꾸민 외관과 달리, 탕 내부 시설은 열악하다.

이 후텁지근한 날씨에 목욕객이 참 많다. 열탕에 자리 잡은 온천의 고수는 두세 명이지만 그나마 수온이 낮아 만만한 온탕엔 예닐곱 명이 갑갑하게 앉아 있다.

샤워를 마치고 온탕에 들어갔다. 아, 이건 아니야. 역시 온천은 입김이 뽀얗게 나오는 시기가 제철이다. 뜨거운 물로 온몸이 후끈 달아오르는데 습하고 더운 공기에 얼굴까지 화끈거리니 물속에 몸을 담그고 5분을 버티기 힘들다. 나와서 찬물 샤워로 몸을 식히고 다시 들어가기를 반복한다. 열탕은 아예 엄두도 나지 않는다. 열탕의 목욕객은 머리가 하얗게 센, 아주 느긋하고 평온한 표정의 어르신들뿐이다. 산전수전 다 겪은 몸이라 이 정도 열기쯤 별것 아니라는 듯 꿈쩍도 안 한다.

온탕 쪽은 나이대가 확실히 낮다. 고등학생 정도로 보이는 소년들이 "아쓰이(더워)"라는 말을 주고받더니 아예 욕조 난간에 걸터앉아 무릎 아래만 겨우 담근다. 열혈 청년이라고 하지 않나. 가뜩이나 피가 끓어오르는 사춘기에 무더위 속 온천은 역시 무리인 모양이다. 연륜의 차이다.

일본 공중목욕탕에선 한국에 없는 나름의 매너가 있다. 남탕의 경우 목욕탕에 입장하면서 수건을 가지고 들어가 남성의 주요 부위를 가리고 다닌다. 욕조에 들어갈 때엔 수건을 고이 접어 머리 위에 올려둔다. 그리고 나올 때 다시 펴서 또 가린다. 여탕에서도 마찬가지로 수건이나 손으로 몸을 가린다고 한다. 탕 밖에 뽀송뽀송한 수건을 잔뜩 쌓아둔 목욕탕 시스템에 익숙한 한국인 입장에선 여간 불편한 게 아니다. 탕 안에서 오가는 동안 수건은 금세 젖어버리고, 탈의실로 나오기 전에 축축해진 수건을 짜서 몸의 물기를 닦아야 하니 영 찝찝하다는 일본 온천 후기를 종종 볼 수 있다. 나는 미리 준비해 간 지퍼백에 수건을 넣어 갖고 들어간 덕분에 목욕이 끝난 뒤 몸에 묻은 물기를 개운하게 털어낼 수 있었다. 그런데 예전과 달리, 요즘은 주로 나이가 지긋한 쪽이 이 가림의 매너를 철저하게 지키는 모양이다. 젊은 사내들은 개의치 않고 그냥 털레털레. 이건 연륜의 차이가 아니라 세대 차이라고 봐야 하나? 이번 여행에서 발견한 흥미로운 사실이다.

더위에 지쳐 30분도 못 채우고 탕을 빠져나왔다. 탈의실에서 옷장을 여는데 아주머니 직원이 "실례합니다."라며 청소 도구를 들고 태연하게 들어와 화들짝 놀랐다. 역시 알몸 상태인 주변의 다른 목욕객들은 전혀 신경 안 쓰는 눈치다. 일본 대중탕의 관리 직원은 성별이 없는 존재로 통한다는 건(여탕에도 남자 직원이 아무렇지 않게 들어간다지) 안다. 그래도 실제 상황에 맞닥뜨릴 때마다 적응이 안 된다. 이건 문화 차이다.

온천 후의
이열치열 카레우동

더 더워지기 전에 온천욕을 끝낸다는 미션을 완수하고 아리마 온천마을 구경에 나섰다. 전통 목조 양식의 가게들이 양옆에 늘어선 상점가의 비좁은 골목길엔 관광객이 넘친다. 기념품이나 간식을 파는 매장마다 손님이 한가득이다. 썰렁했던 아리마온천행 로프웨이와는 딴판이다. 일본인이 많지만 중국어를 쓰는 단체 관광객도 적지 않다. 에도 시대엔 이 작은 마을에 1,000곳이 넘는 가게가 있었을 정도로 상점가가 발달했다고 한다. 하지만 어지간한 도시들도 줄줄이 소멸의 위기를 맞은 저출산·고령

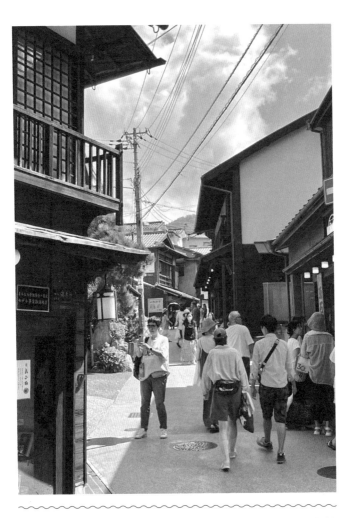

아리마온천마을의 상점가 골목. 좁은 경사로 양쪽에 에도 시대 분위기의 목조건물이 줄지어 서 있다.

화 시대의 여파를 피해 갈 수 없었다. 유명한 온천이 있는데도 빈집이며 빈 가게가 하나둘 늘자 지자체와 주민들이 오래된 민가를 활용한 '상점가 경관 보전' 사업에 나서면서 예스런 분위기의 거리를 조성했다는데, 흠…. 교토의 마치야町屋나 가와고에川越의 구시가지에 비하면 규모가 한참 작다. 인위적으로 꾸민 느낌도 들어 쓱 훑어보는 것으로 끝.

상점가의 언덕길을 내려가 2020년에 새로 정비했다는 '아리마가와有馬川 신스이親水' 광장에 다다랐다. 아리마가와는 아리마온천마을을 흐르는 개울의 이름이다. 신스이의 한자는 '친할 친親'과 '물 수水'다. 물가에서 휴식하거나 산책할 수 있도록 하천을 정비해 사람들이 물과 친해지게끔 도모한다는 뜻이다. 아리마가와 주변을 대대적으로 정비해 신스이 공원을 조성한 것은 1995년 고베 대지진이 발생한 직후였다. 그 공원을 25년 만에 다시 손본 것이다. 그런데 '신스이'라는 수식어가 아깝다. 주변에 들어선 멋대가리 없는 콘크리트 호텔들이 경관을 해치는데다 물길 주변까지 온통 콘크리트다. 물가에 늘어선 바위들은 시멘트를 덕지덕지 발라 억지로 이어 붙였다. 수초 한 포기 없고 흙길도 나 있지 않은, 자연의 흔적을 무지막지하게 지운 삭

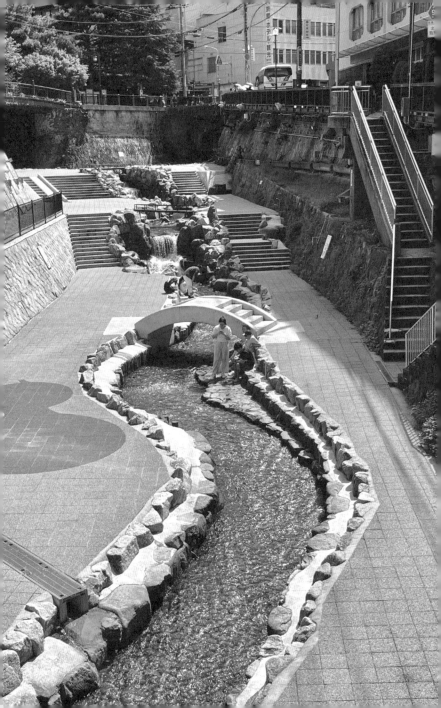

막한 물가에서 어떻게 물과 친구가 되라는 건지.

기껏 온천욕으로 깨끗이 씻고는 괜히 도로 땀 빼면서 돌아다녔네. 밥이나 먹어야지. 곧 정오가 될 참이라 다시 상점가 골목으로 돌아가 점심 먹을 곳을 찾는다. 그런데 마땅찮다. 식당 밖에 내놓은 메뉴판을 보니 관광지 물가가 반영돼 밥값이 좀 비싼 편이다. 메뉴도 별 특색 없이 고만고만. 배고픔을 참고 차라리 고베 시내로 돌아가 식사하는 게 낫겠다. 다시 로프웨이를 타러 아리마온천역으로.

상점가 골목을 막 벗어나는데 자극적이고 강렬한 향신료 냄새가 후각을 확 잡아당긴다. 카레 냄새다. 킁킁거리며 둘러보니 모던한 카페처럼 생긴 자그마한 점포가 냄새의 근원지라는 것을 알게 됐다. 카레 냄새를 맡지 않았으면 밥집이 있는 줄도 모르고 그냥 지나쳤을 것이다. 이름이나 정체를 한눈에 보여주는 큼지막한 간판도 없이 '아는 사람만 오라.'는 식으로 배짱을 부리는 가게다. 입구 한켠에 세워둔 작은 알림판에 메뉴 몇 가지와 함께 '카레우동 전문점'이라고 쓰여 있다. 그 아래에 가게 이름을 아주 조그만 글씨로 'misono(미소노)'라고 적어놓았다. 메뉴 종류는 몇 안 되는데 가장 저렴한 카레우동이 800엔. 주변의 다른 식당에 비하면 가격은 괜찮은 편이지만 일본에는 이보다 싸고 맛있는 음식을 파는 곳이 얼마든지 있다. 더구나 이 더위에 맵고 뜨거운 카레가 과연 현명한 선택인지도 망설여진다. 하지만 공복에 콧속을 파고든 카레 냄새는 참기 어렵다. 아니나 다를까, 뱃속이 꼬르륵거리며 곧장 신호를 보낸다. 가게 문을 열고 들어갔다.

내부가 좁다. 카운터석에 높다란 의자 5개가 놓였고 2인용 좌식 테이블이 2개. 9명이 앉으면 만석이 되는 가게다. 벌써 8명이 자리를 차지하고 카운터석에 딱 한 자리만 남았다. 소문난 맛집을 우연히 발견한 걸까? 아니면, 나처럼 카레 냄새의 호객 행위에 넘어간 뜨내기손님들일까? 가만 보니 손님의 절반은 중국인 관광객 가족이다. 공간이 협소해서 자녀들은 카운터석에, 부모는 테이블석에 흩어져 앉아 식사 중이다. 검증이 안 된 곳이니 가장 저렴한 기본 메뉴인 카레우동을 주문하기로.

외관을 보고 정체성이 모호한 가게라고 생각했는데, 안에 들어와 실체를 알고나니 과연 영업 방식부터 비범하다. 점심엔 카레우동 장사를 하다가 저녁엔 벨기에 맥주를 주로 취급하는 바 bar로 바뀐다. 가게의 규칙도 낮과 밤이 다르다. 낮엔 손님 1인

미소노의 카레우동. 정신이 번쩍 들 정도로 자극적인 맛이다.

당 카레우동 한 그릇 이상을 반드시 주문해야 하고, 밤엔 무조
건 술을 시켜야 한다. 저녁에 카레우동은 아예 팔지도 않는다.
실내흡연도 가능해진다. 낮에는 나처럼 아리마온천에 들렀다
가 점심식사를 때우려는 당일치기 관광객을, 밤에는 술 한잔 걸
치며 담배를 피우려는 온천 료칸의 투숙객을(저녁식사는 료칸에서 가
이세키 요리를 제공할 테니) 타깃으로 삼아 이런 전략을 택했나보다. 낮
밤이 다른 이중생활 때문인지, 주인장 부부(혹은 커플)의 표정은

무척 피곤해 보인다.

김이 모락모락 나는 카레우동이 나왔다. 양이 풍성한 편은 아니다. 고명으로 얹은 덴카스(튀김옷 조각)와 쪽파를 카레 소스, 우동 면과 뒤적뒤적 섞어 후후 불어서 입에 넣고 오물오물. 진득한 카레 소스는 한약처럼 쓰면서 맵고 짜고 시큼한 맛이 난다. 일본 카레 전문점에서 흔히 먹을 수 있는 부드러운 카레 맛과는 다르다. 사흘에 걸쳐 푹 끓여낸 육수에 각종 향신료를 넣고 줄여서 이런 카레를 만들어낸다고. 개성이 워낙 뚜렷해 호불호가 갈릴 맛이다. 나는 호. 면발은 굵은 수타면이다. 짜장면처럼 후루룩 넘어가는 식감이 아니고 칼국수 면처럼 심지가 느껴지면서 뚝뚝 끊긴다. 두터운 면에 어우러지도록 카레의 맛과 향을 자극적으로 끌어올린 모양인데, 그래서 에어컨을 시원하게 켜놓았는데도 먹는 내내 땀깨나 흘렸다. 한여름 날씨에 온천욕을 마친 뒤 맛보는 맵고 뜨거운 카레우동. 제대로 이열치열이다.

고베의 뿌리

아리마온천에서 고베 시내로 돌아오는 길에도 갈 때와 똑같은 교통수단을 이용했다. 혼자였던 아침과 달리 돌아오는 로프웨이엔 승객들이 더 있다. 그래봤자 42인승에 겨우 8명이 탑승해 공간은 한참 남아돌지만. 아무튼 다시 봐도 가슴이 뻥 뚫리는 절경이다. 마음 같아선 하루종일 로프웨이만 타고 왔다 갔다 하면서 질리도록 산 구경을 하고 싶다.

내려오면서 롯코가든테라스와 롯코산조역의 전망대에 들렀다. 고베에서 오사카, 와카야마和歌山까지 드넓게 이어지는 오사카만과 해안선의 파노라마를 볼 수 있는 곳이다. 지도상에선 두 전망대 모두 롯코산 위의 비슷한 지점에 있는데 해발고도가 다르다. 롯코가든테라스는 880미터, 롯코산조역은 734미터. 롯코가든테라스 전망대에선 롯코산의 산자락, 오사카만에서 세토나이카이에 이르는 먼바다, 해안 도시들이 어우러진 풍경을 감상할 수 있다. 땅과 좀 더 가까운 롯코산조역 전망대에선 오사카와 고베의 고층 빌딩들이 더 크게, 또렷이 보인다.

날씨는 맑지만 바다 저편으로 희뿌연 안개가 깔렸다. 아쉽게도 아주 먼 곳의 풍경은 아렴풋하다. 괜찮다. 해가 진 뒤에 다시 올 거니까. 두 곳 모두 야경이 끝내준다고 한다. 이제 길도 눈에다 익었겠다. 아리마-롯코 주유패스 1일권이 있으니 교통비 더 쓸 것 없이 발품만 팔면 된다.

고베 시내에 도착해 모토마치 상점가를 어슬렁거렸다. 모토마치元町는 '원래부터 있었던 동네', '뿌리가 되는 동네'라는 뜻이다. 지금은 열차, 전철, 버스 등 여러 교통편이 교차하고 백화점과 고층 빌딩이 들어선 산노미야역 일대가 도심 역할을 하는데, 원래는 모토마치가 그랬다. 이곳에는 에도 시대에도 주택, 상점 등 건물 220여 동이 모여 있었다고 한다. 상점가가 본격적

롯코가든테라스 전망대에서 바라본 오사카만 풍경. 오사카와 와카야마까지 넓게 이어지는 해안선을
볼 수 있다.

으로 형성되고 발전한 건 1868년 고베가 개항한 뒤다. 남쪽에 고베항, 서쪽에 고베역, 동쪽에 외국인 거류지가 자리해 물류와 소비의 접합점이 되면서 이런저런 가게들이 기다란 거리를 따라 대거 들어섰다.

전통이 이어져 1.2킬로미터에 달하는 모토마치 상점가엔 오늘날에도 300여 곳의 가게가 성업 중이다. 창업한 지 100년이 넘은 가게만 해도 20여 곳이나 된다. 오래된 상점가이지만 젊은 세대 취향의 트렌디한 가게도 많다. '없는 게 없다.'고 할 만큼 업종이 무척 다양하다. '서울 마트'라는 한국 수입품 상점도 있는데, 한국 식료품을 비롯해 케이팝 아이돌 굿즈까지 판다. 옛것과 새것, 비싼 것과 싼 것, 일본산과 수입품이 절묘하게 조화를 이룬다. 남녀노소, 다양한 소비층의 취향이 고루 반영된 상권이다. 그래서인지 평일 낮인데도 행인이 꽤 많고 활기가 넘친다.

쇼핑할 것도 아니면서 모토마치 상점가의 유람꾼이 되어 괜스레 시간을 때우려던 건 아니다. 이곳에 있는 '에스트 로열Est Royal' 본점을 가야 한다. 요네하라 마리의《미식견문록》에 등장하기 때문이다. 책에는 다음과 같이 소개된다.

모토마치로 이동하여, '에스트 로열' 앞의 장사진 행렬을 기다렸다가 케이크 여섯 종류를 샀다(도쿄에 가서 시식한 결과, 역시 간판 메뉴인 슈크림과 슈르프리즈를 권한다). 그런데 사람들은 어째서 줄을 서는 걸까? "거기에 행렬이 있기 때문이지."(마호메트)

줄 서서 먹는다던 '에스트 로열'의 슈크림, 행렬의 정체는

그냥 줄도 아니고 장사진 행렬이라니, 대체 얼마나 대단한 맛집인 걸까? 한껏 기대하며 구글 맵으로 경로를 찾았다. 상점가의 넓은 메인 스트리트가 아니라 난킨마치로 향하는 좁은 뒷골목에 숨어 있다. 침침한 골목에 들어서니, 강렬한 핫핑크의 입간판과 차양막이 '여기가 달콤한 걸 파는 곳'이라고 존재감을 드러낸다. 혼자 너무 '분홍분홍'해서 위화감이 들 정도다. 모토마치 상점가에는 요즘 디자인 감각에 맞춰 깔끔하게 단장한 디저트 가게들이 많은데, 그런 곳에 비하면 연륜이 느껴진다. 에스트 로열이 문을 연 건 1988년이다. 당시엔 이런 비비드한 색감이 유행했다. 세월이 흘러 이제는 '레트로' 대우를, 혹은 '촌닭' 취급을 받지만.

그런데 장사진은커녕 손님이 한 명도 없다. 불안해진다. '오픈런'으로 인기 상품은 벌써 다 팔린 걸까? 요네하라 마리가 권한 슈크림을 사 먹어야 하는데…. 다행히 품절은 아니다. 진열대 안에 아주 충분히 쌓여 있다. 응? 뭐지? 다시 불안해진다. 줄 서서 먹는 슈크림 맛집에서 간판 메뉴가 이 늦은 오후까지 저렇게나 남아돈다고? 이거 수상한데….

《미식견문록》에는 '슈크림'이라고 나오는데, 진열대의 상품명엔 '슈·아·라·쿠레무シュー·ア·ラ·クレーム'라고 적혀 있다. '크림을 넣은 양배추'라는 뜻의 프랑스어 '슈 알 라 크렘므Chou à la crème'를 일본식 발음으로 옮긴 것이다. 일본인에겐 너무 길고 어려운 발음이었는지, 프랑스어 '슈'와 영어 '크림'을 멋대로 이어 붙여 '슈쿠리무シュークリーム'라는 국적불명의 새 외래어 명칭을 만들어냈다. 한국의 '슈크림'이라는 단어는 이 '슈쿠리무'가 넘어와 쓰이게 된 것으로 보인다. 아무튼 에스트 로열이 대중에게 친숙한 '슈쿠리무' 대신 애초에 '슈 아 라 쿠레무'라는 어려

운 명칭을 고집한 건 '프랑스 정통' 느낌을 풍기려는 의도일 것이다. 다른 과자들의 낯선 명칭도 그렇고, 영어 'since 1988' 대신 'depuis 1988'로 표기하는 등 가게 곳곳에서 프랑스어가 눈에 띈다. 아니나 다를까, 창업자가 프랑스에서 과자 만드는 법을 배워 와 에스트 로열을 차렸다고 한다.

슈크림 한 개에 260엔. 일본 빵값이 한국보다 저렴한 편인데, 이 가게의 가격대는 딱히 그렇지는 않다. 유명세 프리미엄이 붙었겠지. 두 개를 사서 곧바로 호텔로 들어갔다. 객실 안에서 에어컨으로 몸을 식히며 방금 사 온 슈크림을 입에 넣었다. 바닐라 빈이 거뭇거뭇 보이는 아이보리 빛의 커스터드 크림은 향긋하다. 크림도 꽉 차 있다. 문제는 크림을 감싼 슈. 속의 크림은 부드럽고 겉의 슈는 바삭해서 '겉바속촉'이 돼야 하는데, 슈가 눅눅하다. 어제 사 와서 냉장고에 묵혀놓았던 슈크림을 꺼내 먹는 듯한 식감이다. 덥고 습한 탓이겠지만, 이 정도로 변질되면 새로 구운 걸 팔아야 하지 않나. 잔뜩 뿌린 슈거파우더도 '투 머치'다. 크림이 단데 슈거파우더까지 달아서 하나 먹으니 벌써 질린다. 나머지 하나는 순전히 260엔이 아까워 꾸역꾸역 삼켰다.

에스트 로열의 간판 메뉴인 슈크림. 바닐라 크림은 향긋한데 눅눅한 슈가 아쉬웠다.

그러고 보니, 요네하라 마리의 글에 에스트 로열의 슈크림이 아주 맛있었다는 단서는 없다. 아니, 다시 잘 읽어보니 슈크림을 먹었는지 여부도 확실하지 않다. 장사진 행렬을 기다려 케이크 여섯 종류를 샀는데, 케이크 말고 슈크림과 슈르프리즈(이런 이름의 과자는 매장에 아예 없었다)를 권한다고만 했을 뿐이다. 케이크가 마음에 들지 않았으니 차라리 대표 상품을 선택하는 게 낫겠다고 돌려 말한 게 아닐는지. 마호메트가 남겼다는 "거기에 행렬이 있기 때문이지."라는 말을 인용한 것도 그렇다. 줄이 늘어서 있으면 군중심리에 휩쓸려 괜히 탐하게 된다는 뜻 아닌가.

군중심리 얘기가 나왔으니 잠깐 옆길로 새겠다. 홍콩에 갔을 때 '마약 쿠키'라고 불릴 만큼 맛있는 과자가 있다고 해서 일부러 사러 간 적이 있다. 오픈 시간 한참 전인데도 그야말로 장사진 행렬이 서 있었다. 행여 차례가 돌아오기도 전에 다 팔리면 어쩌나 걱정이 들었다. 다행히 1인당 구입 개수가 제한돼 충분히 살 수 있는 순번이어서 길고 긴 줄에 합류했다. 이렇게 많은 사람들이 기다린다니 이건 반드시 먹어봐야 할 어마어마한 맛의 '인생 과자'일 거라는 확신이 들었다.

2시간 가까이 기다려 뿌듯한 마음으로 과자를 손에 넣고 귀국해서 맛을 봤다. 적당히 달달하고 고소하고 폭신폭신해서 손이 가긴 하는데, 그렇게 오랜 시간 줄 서느라 금쪽같은 여행 시간을 낭비할 만큼 가치가 있는지 의문은 들었다. 인공 향료 같은 걸 넣었는지 뒷맛도 영 텁텁하고. 마호메트가 옳았다. 사람들이 줄을 서는 건 거기에 행렬이 있기 때문이다. 본론으로 돌아와 다시 에스트 로열 얘기를 하자면, 나중에 현지인한테 직접 들어보니 맛이 좀 변했다고 한다. 책에 나온 묘사와 달리 장사진을 볼 수 없었던 이유를 알겠다.

0달러짜리
야경

어쨌든 슈크림으로 당 충전을 하고, 호텔 객실에서 해가 넘어가기를 기다리며 휴식을 취했다. 다시 밖으로 나온 건 오후 5시 반. 롯코산의 전망대로 야경을 보러 가기 전에 저녁식사를 서둘러 마쳐야 한다. 먹을 곳은 이미 정했다. 어제 갔던 간소교자엔이다. 1박 2일의 촉박한 일정에 쫓긴 요네하라 마리는 한 접시 더 먹지 못한 걸 못내 아쉬워했지만, 고베에서만 3박 4일을 지내는 나에겐 먹을 기회가 또 있다. 전통 있는 맛집인 데다 가격까지 착하니, 혹여 여기서 살게 된다면 이 가게의 단골이 될 것이다.

평일이다. 게다가 저녁식사를 하기엔 아직 이른 시간이다. 그래서인지 어제와 달리 가게 안이 썰렁하다. 하지만 오후 6시가 넘자 손님이 하나둘 찾아와 금세 북적인다. 야키교자를 맛있게 먹긴 했지만 다른 메뉴도 궁금해서 스이교자(물만두)와 자자항ジャジャ飯(한국식으로 풀이하자면 짜장밥)을 주문했다. 둘 다 각각 495엔이라 부담이 없다. 앞서 이야기했지만, 중국에 건너가 살았던 일본인 창업자가 만주의 만두와 산둥성의 자지앙몐을 무척 좋아해서 간소교자엔의 메뉴로 정했다고 한다.

자지앙몐은 한국으로 넘어와 짜장면, 일본으로 넘어가선 자자멘으로 불리게 됐지만 식재료나 맛이 다르다. 짜장면은 단맛이 강하고 검은 빛깔을 띤다. 한국의 화교가 캐러멜을 넣어 개발한 춘장으로 짜장 소스를 만들기 때문이다. 자지앙몐과 자자멘은 콩을 발효시킨 중국식 된장과 잘게 갈아넣은 고기가 주요 재료라서 누런색이다. 맛은 짜고 구수하다. 중국에선 면에 양념장과 오이를 듬뿍 넣어 비벼 먹는데, 간소교자엔의 자자멘은 오이 대신 살짝 삶은 양배추를 넣는다.

자자멘은 야키교자와 쌍벽을 이루는 간소교자엔의 대표 메

간소교자엔의 물만두(위)와 자자항(아래). 자자항은 한국식으로 풀이하면 짜장밥인데 맛과 재료는 상당히 다르다.

뉴다. 하지만 점심에 카레우동을 먹어 밥이 고팠고, 스이교자 한 접시를 시켰으니 자자멘을 식사로 택하면 과할 것 같았다. 자자멘은 한 그릇에 800엔으로 자자항보다 비싸고 양도 더 많다. 어차피 밥이냐 면이냐의 차이만 있을 뿐 소스는 같으니 물만두에 곁들여 먹기 좋은 자자항으로.

　스이교자는 야키교자처럼 만두소에서 화학조미료 맛이 나지 않아 깔끔하다. 담백하지만 아무래도 땅콩기름을 두르고 나온 야키교자가 고소하고 식감도 다채로워 그리워진다. 짭조름한 자자항은 맛보지 않았더라면 섭섭할 뻔했다. 어쩐지 낯설지 않다 했더니, 인천 차이나타운의 중화요리점 '만다복'에서 먹은 하얀백년짜장과 비슷하다. 100년 전의 산둥식 자지앙멘 맛을 되살렸다는 하얀백년짜장도 일반 짜장면처럼 들큼하지 않고 구수하면서 간간해 계속 구미가 당겼다.

　간소교자엔에서의 두 번째 식사를 만족스럽게 마친 뒤 아침과 같은 경로로 롯코케이블시타역에 다다랐다. 오후 7시 40분에 출발하는 케이블 열차에 탑승했다. 야경을 보러 가는 사람이 많지 않을까 싶었지만, 의외로 승객은 나와 중국어를 쓰는 가족 한 팀뿐이다. 덜커덩덜커덩하는 굉음에 흔들림이 심하고 유리

어둠을 가르고 롯코산의 경사면을 오르는 케이블 열차. 끼익끼익 요란한 소리를 내며 달리는 밤의 열차는 공포 영화의 한 장면을 연상시켰다.

창도 없는 열차의 아날로그 감성이 아침과 낮에는 스릴 있었는데, 날이 어두워지니 느낌이 또 다르다. 산이라 주변이 온통 캄캄해서 그런지 좀 섬뜩하다. 숲속에 숨어 있던 귀신이 어둠을 뚫고 바로 옆에서 '왕!' 하고 튀어나올 듯한 분위기. 그래도 사

셋째 날, 아리마온천과 하루키

의 서늘한 밤공기는 반갑다.

열차가 롯코산조역에 들어선다. 낮에 다녀가면서 이미 역 건물 구조를 파악했으니 내리자마자 곧장 계단을 올라 옥상의 전망대로 향한다. 이곳 전망대에서 보는 야경을 고베시 관광 홈페이지는 이렇게 자랑하고 있다.

고베는 물론, 오사카 평야와 와카야마 방면까지 와이드하게 펼쳐진 경치를 볼 수 있으며, 밤에는 1,000만 달러짜리 야경이 압도적인 스케일의 느낌으로 다가옵니다

입장료가 없는 무료 전망대다. 0달러를 들어서 1,000만 달러짜리 야경을 볼 수 있다면, 1,000만 달러를 버는 셈 아닌가. 한껏 부푼 기대감을 품고 옥상에 올랐다. 그런데 이게 뭐야! 아무것도 보이지 않는다. 산 위에 구름인지 안개인지, 아무튼 기분 나쁘게 축축한 수증기가 짙게 깔렸다. 산 너머 저 아래에 야경이 있을 거라고 알려주는, 도시의 불빛이 뿜는 밝은 기운만 아련하게 서려 있다. 1,000만 달러짜리 야경이 아니라 0달러짜리 야경이다. 아니, 시간 낭비한 걸 고려하면 손해다. 마이너스의

야경이다.

열차에 함께 탑승했던, 중국이나 대만, 홍콩에서 온 것으로 보이는 가족이 올라온다. 야경이 실종된 야경을 보더니 돌아가면서 깊은 탄식을 내뱉고는 뭔가 말을 주고받는다. 중국어는 알아들을 수 없지만, 그들도 크게 실망한 눈치다. 아쉬움에 계단을 내려가 매표소의 역무원을 찾아갔다.

"실례합니다. 야경 보러 일부러 찾아왔는데, 아무것도 안 보이네요. 혹시 기다리면 구름이 사라질 수도 있을까요?"

"그러게나 말이에요. 낮에는 괜찮더니 해가 지면서 산에 구름이 갑자기 많이 서렸어요. 산 위에선 날씨를 좀처럼 종잡을 수 없거든요. 지금 상태라면 아마 오늘은 밤새 야경 구경하기 어려울 거예요."

"롯코가든테라스 전망대는 어떨까요? 그쪽으로 올라가면 좀 보일까요?"

"위로 올라갈수록 더 안 보일 겁니다. 밑에 깔린 구름이 오히려 더 두꺼워질 뿐이니까요."

상황 종료. 몇 년 전에 홋카이도 하코다테函館에서도 짙은 바다안개 탓에 그 유명하다는 야경을 흐릿한 불빛 덩어리로만 본

적이 있다. 여행하면서 야경 운은 좀처럼 따르지 않네. 투덜투덜 구름을 원망하며 아무 소득 없이 롯코케이블시타역으로 돌아가는 오후 8시발 열차에 몸을 싣는다. 내려오는 열차에서 무성한 수풀 사이로 고베 시가지의 야경이 감질나게 보였다. 도시 빌딩의 오색찬란한 불빛이 별처럼 반짝거린다. 제대로 볼 수 있었으면 과연 1,000만 달러의 감동이 있었을 듯하다. 아쉽지만 롯코산에서 보는 야경은 다음을 기약하는 것으로.

하루키와 '하프 타임' 바

산노미야역으로 돌아온 건 오후 9시가 조금 지나서다. 야경 보러 롯코산을 올라갔다가 허탕을 쳤으니 술이라도 마셔야 한다. (무슨 말도 안 되는 논리인지.) 찾아간 곳은 역 근처의 바bar '하프 타임 Half Time'이다. 무라카미 하루키村上春樹의 팬들 사이에서 '하루키 성지'로 꼽히는 곳이다. 허망하게 들리겠지만, 실은 이 술집은 무라카미 하루키와 직접적인 연관이 없다. 그럼 어쩌다 '하루키 성지'가 됐을까?

무라카미는 첫 소설 《바람의 노래를 들어라》(1979년)로 군조신 인문학상을 수상하며 문학계에 발을 내딛었다. 작품의 주요 인물은 '나'와 '쥐'라 불리는 친구인데, 도쿄에서 대학을 다니는 '나'와 단짝 '쥐'가 함께 여름방학에 고향으로 돌아오면서 이야기는 시작한다. '나'와 '쥐'는 중국인 바텐더 '제이'가 운영하는 재즈 바인 '제이스 바'에서 허구한 날 맥주를 들이켜며 개똥철학 담론으로 여름을 보낸다. 그러던 어느 날 '나'는 '제이스 바'의 화장실에 쓰러진 한 여자를 집으로 데려다주고, 이 사건을 계기로 기묘한 로맨스가 시작된다. 말하자면 '제이스 바'는 무라카미 하루키의 데뷔작에서 중요한 장소인 것이다.

《바람의 노래를 들어라》는 1981년 같은 제목으로 영화화됐다. 영화에서 '고향'으로 나온 장소가 고베다. 정작 소설은 '나'의 고향이 어디인지 알려주지 않는다. 무라카미 하루키가 청춘 시절을 보낸 곳이 고베이고, 그래서 그의 작품 세계에 지대한 영향을 끼친 곳이 고베이며, 《바람의 노래를 들어라》에서 '나'의 고향은 항구가 있는 곳으로 묘사되기 때문에 촬영지로 선정된 것이다. 아무튼 소설이 아니라 영화 〈바람의 노래를 들어라〉에서 제이스 바로 등장한 술집이 바로 하프 타임이다. 무라카미 하루키가 첫 소설을 쓰고 있었을 1978년에 영업을 시작했다.

고베의 '하루키 성지'로 꼽히는 하프 타임의 입구. 유명한 술집답지 않게 문이며 간판이며 소박하다.

소설이나 소설가와는 무관하니 '하루키 성지'라고 하기엔 무리가 있다. 그럼에도 하루키의 자취를 좇아 고베까지 여행 오는 '하루키스트'(무라카미 하루키의 열성 팬)들은 사소한 연관성에도 의미를 부여하며 이곳을 '성지'의 반열에 올린 것이다.

나는 하루키스트가 아니다. 책장에 그의 작품이 몇 권 꽂혀 있긴 하지만, 아주 오래전에 읽은 책들이다. 이번 여행의 목적은 '하루키 성지'를 탐방하는 게 아니라 요네하라 마리의《미식 견문록》에 나온 맛집을 찾아다니는 것이긴 해도, 세계적인 작가의 데뷔 소설을 원작으로 삼은 영화의 로케 현장이라니 궁금했다.

전신주와 공사 현장이 뒤엉켜 어수선한 뒷골목에 들어섰다. 골목 안쪽의 하얀 상가 건물에 영어로 'HALF TIME'이라고 적은 자그마한 간판이 매달려 있다. 거무죽죽한 목재 출입문은 비바람에 오래 시달린 듯 너덜너덜하게 삭았다. 문 위에 덮어씌운, 외벽과 색을 맞춘 하얀 차양막도 얼룩덜룩. 세월의 흔적이 역력한 이런 분위기, 딱 내 취향이다. 간판도 그렇지만 차양막에 적힌 문자에 일본어는 한 글자도 안 보인다. 몇 글자 없긴 해도 온통 영어다. 마치 이 문 너머의 세상은 일본이 아니라 미국

하프 타임의 내부. 개업 당시와 크게 달라진 게 없는 진정한 레트로 분위기로, 타임머신을 타고 1970년대로 돌아간 듯하다.

술집이라고 세너라도 시키려는 듯. 그렇다면 '하루키 성지'가 될 자격은 어느 정도 갖췄네.

무라카미 하루키는 재즈, 팝 등 미국 대중음악과 미국 문학에 심취했다. 작품에도 그런 취향을 고스란히 펼쳐놓았다. 소설마다 가타카나(일본어에서 외래어를 표기할 때 주로 사용하는 문자)가 너무 난

합석용 테이블 위에는 다양한 수집품이 놓여 있다. 테이블 너머에 영화 〈쥬라기 공원〉 로고가 그려진 기계가 핀볼이다.

무한다는 얘기가 나올 정도였다. 아무튼 하프 타임의 간판과 차양막에 적힌 영어에는 오자도 보이고 문법상 맞지 않는 표현도 있다. 낡은 간판이랑 차양막을 교체하면서 고쳤을 법도 한데, 오자나 틀린 문법 같은 오점도 가게의 역사라는 듯 그대로 남겨둔 것만 같다. 깡이 있는 가게다.

출입문 안쪽엔 2층으로 올라가는 가파른 계단이 있다. 벽에 포스터 같은 것들이 잔뜩 부착돼 있는데, 일관성은 없다. 근대 유럽 느낌이 물씬 풍기는 장식용 석판화 포스터가 있는가 하면, 일본에서 열린 미술 전시회나 라이브 공연 홍보용 포스터도 보인다. 계단을 올라가니 잔잔한 재즈가 들린다. 바 테이블 안쪽에 두 사람이 서 있다. 백발의 쪽진머리에 하얀 반팔 티셔츠와 청바지 차림인 마른 체형의 남자, 그리고 잘 다린 빨간 셔츠를 단정하게 입은 단발머리의 젊은 여자다. 딱 봐도 남자가 하프 타임의 마스터, 여자는 알바생이다.

"어서 오세요."

"안녕하세요."

손님은 나 말고 아무도 없다. 높다란 바 테이블 의자에 앉아 가게 안을 찬찬히 둘러본다. 마스터의 첫인상처럼 장식품이나 집기도 자유로운 영혼이 가득하다. 창가엔 커다란 핀볼이 놓여 있다. 소설 《바람의 노래를 들어라》와 동명의 영화 속 제이스 바에도 핀볼이 나온다. 그런데 촬영 당시의 것은 아니다. 영화 〈쥐라기 공원〉의 타이틀 로고가 새겨져 있다. 이 가게에서 촬영한 영화 〈바람의 노래를 들어라〉는 1981년, 〈쥐라기 공원〉은

1993년 작품이다. 핀볼은 고장 난 상태다. 매장 한가운데엔 커다란 합석용 테이블을 설치했다. 그 위에 오래된 잡지와 책, 지구본, 보드게임, 옛날 재봉틀이나 기차 모형 같은 골동품이 놓여 있다. 벽에는 온갖 종류의 술병이 빼곡히 채워진 장식장이며 다트 판, 옛날 포스터, 사진, 메모지, 조타기, 페코짱 인형 등이 보인다. 둥근 펜던트 조명이나 바 테이블은 영화에 나왔던 그대로다. 1981년 이후 가게도 나이를 먹으면서 해지고 벗겨졌을 뿐이다.

하프 타임의
오미야게

마스터가 대뜸 재떨이를 내민다.

"담배 피우죠?"

내가 애연가처럼 생겼나? 담배와 절연한 지 10년쯤 돼가는데….

"아뇨, 안 피워요."

"그래요?"

의외라는 표정이다. 어쩐지 서운한 눈치. 재떨이를 바 테이블 저편으로 밀어놓는다. 그러더니 그쪽으로 가서 담배를 꺼내 피운다. 맞담배가 피우고 싶었던 건가? 연기는 고개를 돌려 내가 앉은 쪽 반대 방향으로 뿜는다. 토끼처럼 눈이 동그란 알바생이 다가와 묻는다.

"손님, 술은 뭘로 하시겠어요?"

"병맥주로 할게요."

냉장고에서 갓 꺼내 하얗게 김이 서린 맥주잔과 기린 라거 한 병을 앞에 놓는다. 마스터는 접시에 치즈 타르트 조각 같은 걸 담아서 나무젓가락과 함께 내준다. 기본 안주인 모양이다. 고소하면서 짭짤해 맥주와 궁합이 잘 맞는다. 타르트 한 입에 맥주 한 모금을 시원하게 들이켜고 잔을 내려놓자 마스터가 묻는다.

"어디서 오셨어요?"

"한국에서요."

"여행이에요?"

"네."

"고베에선 어디 보러 가나요?"

"어제 와서 난킨마치 구경했고, 아침에 아리마온천 다녀왔어요. 야경 보러 좀 전에 롯코산 다시 갔다가 구름 때문에 허탕치고 이리로 왔죠. 내일 오전에 기타노이진칸을 둘러보고, 오후엔 항구 쪽으로 가려고요."

"기타노이진칸? 거긴 뭐 하러 가요. 볼 것도 없어요."

"그래도 고베의 대표적인 관광지 아닌가요?"

"내가 어렸을 때만 해도 그냥 평범한 주택가였어요. 친구가 거기 살아서 그쪽에 자주 놀러 갔거든요. 외국인 주택이라고 뭐 별나게 생기지도 않았어요. 이렇게 더운데 괜히 언덕길 다니느라 힘들기만 하죠."

"그럼 마스터가 추천하는 고베의 명소는 어디예요?"

"고베라는 곳은 말이죠, 뭐든 받아들여요. 개항 도시잖아요. 서양이든 중국이든 외부에서 들어오는 모든 걸 가리지 않고 수용해요. 그리고 금세 고베의 것으로 소화해내는 데 익숙하죠. 고베 사람들은 열린 마음을 갖고 있어요. 편견 같은 게 없는 편이죠. 그런 특징이 가장 잘 드러난 곳이 모토마치 상점가예요. 거기 가면 없는 게 없어요. 옛날 물건을 파는 오래된 가게도 있고, 요즘 유행하는 상품을 파는 새로 생긴 가게도 있어요. 여기 산노미야에도 상점가는 있지만 분위기가 달라요. 모토마치 상점가야말로 고베 그 자체죠."

"안 그래도 온천 다녀와서 오후에 모토마치 상점가를 구경했어요. 호텔이 거기 있기도 하지만요. 마스터 말대로 별의별 가게가 다 있더라고요. 한국 아이돌 굿즈 파는 곳도 봤어요."

마스터와 나의 대화를 잠자코 듣고 있던 여자 알바생이 한국 아이돌 얘기에 입을 연다.

"산노미야에 케이팝 전문 상점이 몇 군데 있어요. 얼마 전에 또 하나 생겼더라고요. 케이팝이 일본도 그렇고, 중국에서도 인기가 대단해요."

그러자 마스터가 알바생을 가리키며 말한다.

"아, 이 사람, 중국인이에요."

"정말요? 일본인인 줄 알았어요. 일본어가 엄청 유창하네요."

알바생이 손사래 친다.

"그 정도는 아니에요. 저, 여기서 대학 다녀요. 유학생이에요."

마스터는 일본인, 알바생은 중국인, 주객은 한국인. 미국식 바에서 한중일의 묘한 어울림과 대화의 장이 펼쳐졌다. 1978년에 하프 타임이 문을 연 걸 감안하면, 당시 20대 초반이었다고 쳐도(미성년자가 술집을 열지는 못했을 테니) 마스터의 나이는 최소한 60대 중반은 넘었을 것이다. 얼굴에선 세월이 느껴진다. 그런데 묶은

머리며 청바지에 흰 티셔츠가 전혀 어색하지 않다. 옷차림만 그런 게 아니라 생각도 젊다. 열린 마음을 지녔다는 고베 사람답다. 마스터는 그동안 전 세계 곳곳으로 여행을 많이 다녔다고 한다. 한국에도 몇 번이나 와봤다고. 식견의 폭이 넓은데, 특히 역사와 예술에 관심이 높다. 역사는 나도 좋아하는 분야라서 대화가 즐겁다. 한중일의 성곽 구조 차이, 경주에 있는 신라 왕릉 이야기, 부산과 고베의 닮은 점 등 시간 가는 줄 모르고 이야기꽃을 피웠다. 마스터는 조각보 작가인 김영순 씨 작품을 좋아해 한국에서 열린 전시회도 다녀왔다며 "동양의 칸딘스키"라고 격찬하기도 했다.

무라카미 하루키 얘기가 빠질 수 없다. 영화 〈바람의 노래를 들어라〉의 촬영지라서 궁금해 찾아왔다고 하자 당시 영화사에서 제작한 흑백 사진집을 꺼낸다. '제이스 바의 회상록 ジェイズ·バーのメモワール'이라고 적혀 있다. 하프 타임에서 촬영한 스틸 컷의 모음집이다. 테이블처럼 사진집도 해지고 찢기고 손때가 묻어 있다.

"무라카미 하루키 씨의 팬들이 곧잘 찾아와요. 손님처럼 한국에서 일부러 찾아오시는 분들도 더러 있고요."

"실은 저는 하루키스트가 아니에요. 세계적인 작가가 쓴 대작이란 건 잘 알지만, 제 취향엔 좀 맞지 않더라고요."

"무라카미 씨가 소설가로서 명성을 얻은 작품이 《노르웨이의 숲》이죠. 그 소설이 나와서 주목받은 시기에는 일본의 버블 경제가 정점을 향하고 있었어요. 그 시대를 살아간 젊은이들의 감성에 가장 잘 맞아떨어지는 작품이었죠. 지금의 감성과는 조금 다르다고 생각해요."

맥주 두 병을 마시면서 두 시간 남짓 대화를 나눴는데, 나 말고는 손님이 더 오지 않았다. 슬슬 모토마치의 호텔로 돌아가 휴식을 취할 시간이다. 내일부터 시작되는 여행 후반을 준비할 하프 타임이 필요하니까. 이만 가보겠다고 하자, 알바생이 "잠깐 기다리라."며 바 테이블 밑에서 뭔가 꺼낸다. 과자 박스다.

"제가 얼마 전에 후지산 보러 야마나시山梨현에 다녀왔는데요. 거기서 사온 유명한 오미야게(선물용) 과자예요. 흑설탕으로 만든 과자인데, 많이 남았으니 원하시는 만큼 가져가서 맛보세요."

"고맙다."고 인사한 뒤 낱개로 포장된 과자 몇 개를 집어 가방에 챙겨 넣었다. 계산을 마치고 하프 타임을 나섰다. 자정이 가까워오는데도 산노미야역 부근의 먹자골목은 환하다. 밤을 잊은 술집과 노래방이 아직 영업 중이다. 젊은 연인이며 술 한잔 걸친 직장인들이 밤거리를 배회한다. 가을밤의 쾌적한 선선함은 느낄 수 없지만 공기가 제법 식었다.

산노미야를 벗어나 모토마치역 상점가의 메인 스트리트로 들어섰다. 낮과 달리 한적하다. 가게마다 셔터 문이 굳게 내려져 있다. 이쪽은 벌써 오늘의 일과를 끝냈다. 긴 하루였다. 같은 24시간이지만, 여행길에선 하루가 훨씬 길게 느껴진다. 갑자기 피로가 몰려온다. 눈꺼풀이 무거워진다. 아까 선물 받은 과자를 하나 꺼내 빨간 비닐 포장을 벗긴 뒤 입에 넣었다. 무척 달면서도 향긋하다. 지쳐 있던 심신이 흑설탕의 진한 감미로움에 잠시 기지개를 켠다. 기분이 좋아진다.

넷째 날,
그리운 요네하라 마리와 고베항

神戸の発見

기타노이진칸 전망대에서 내려다본 고베항과 시내.

그가 옳았다

기타노이진칸에 도착한 요네하라 마리는 고대하던 집 구경 대신 점심식사부터 거하게 해치웠다. '장 물랭'이라는 프렌치 레스토랑에서 무려 코스 요리를 시켜 먹고는 "떠올리기만 해도 다시 고베에 가고파진다."는 극찬을 남긴 걸 보면, 주방장의 솜씨가 대단했던 모양이다. 아쉽게도 '장 물랭'은 전설 속의 맛집이 돼버렸다. 2002년 출간된 《미식견문록》에 이미 폐업했다고 나온다. 아무튼 얼마나 잘 먹었는지, 그녀는 "움직임이 둔해질 정도로 포만감이 들었다."고 적었다. 역시 미식가 겸 대식가

답다.

그렇게 잔뜩 부른 배를 꺼뜨린다며 요네하라 마리가 가장 먼저 구경하러 간 주택이 '비늘의 집うろこの家'이다. 산자락에 자리한 기타노이진칸에서도 가장 높은 곳에 있기 때문이다. '비늘의 집'이라니 어쩐지 근처에만 가도 비린내가 날 것 같지만, 둥근 모양의 슬레이트를 촘촘하게 이어붙인 외벽이 생선 비늘을 연상시킨다고 해서 그렇게 불린다. 《미식견문록》에는 "급경사를 오르는 것은 좀 힘들었으나, 그 노고는 이 집의 2층에서 내려다보이는 절경으로 보답받았다."고 나온다.

나도 기타노이진칸 관광의 첫 일정으로 '비늘의 집'부터 찾아갔다. 요네하라 마리처럼 배가 불러서는 아니고, 기온이 그나마 낮은 이른 아침에 먼저 찍고 내려오는 게 수월할 것 같아서다. 하지만 '비늘의 집'으로 향하는 급경사길을 오르는 건 푹푹 찌는 이 미친 날씨엔 "좀 힘든" 정도가 아니다. 심지어 새벽에 내린 비로 끈적끈적하게 습도까지 높아진 상황. 머리부터 발끝까지 땀범벅이 된 채 거친 숨을 몰아 내쉬며 드디어 '비늘의 집'에 다다랐다. 그런데 아뿔싸! 문이 닫혀 있다. 오전 10시부터 개장이다. 스마트폰과 온종일 동행하면서 왜 영업시간을 미리 확인

해보지도 않았을까? 후회막급.

40분 가까이 기다려야 한다. 주변엔 차 한잔 마시며 시간 때울 곳도 없다. 그냥 주택가의 비좁은 골목길이다. 그래도 여기까지 얼마나 힘들게 올라왔는데, 시간과 체력 낭비가 아깝다는 생각에 주저앉아 기다려보기로 했다. 하지만 3분도 채 넘기지 못하고 일어섰다. 이때다 싶어 달려드는 모기떼를 도저히 견딜 수 없어서다. 그새 구석구석 참 많이도 뜯어 먹었다. 더 기다리는 건 미련한 짓이다. 아쉬움이 붙잡아도 이건 도저히 아니라는 확신이 들면 말끔히 떨쳐내는 용단이 필요한 법. 포기하고 주택가 뒤로 난 산길을 올라간다. 구글 맵을 보니 고베항과 시내가 내려다보이는 전망대가 있다고 나온다. 힘들게 찾아갔지만 날씨와 기분 탓인지 딱히 감흥이 없는 경치다. 여기서도 독이 바싹 오른 산모기에 시달릴 뿐. 발길을 돌려 내려오면서 곳곳에 숨은 이진칸들을 찾아다녔다.

"거긴 뭐 하러 가요. 볼 것도 없어요."라며 만류하던 하프 타임의 마스터가 옳았다. '무슨 무슨 관'이라고 거창하게 현판을 붙여 역사성을 부여하니 망정이지, 주변의 일반 주택들과 비교해도 큰 차이를 모르겠다. 유럽 여행길에 구경했던 우람하고 화려한 대저택에 비하면 시시하다. 물론 취향의 차이일 수도 있다. 아기자기한 걸 좋아한다면 감탄할지도 모른다. 요네하라 마리 역시 "100년이 지나도 퇴색되지 않는 아름다움"이라는 감상평을 남겼다. 아무튼 나는 실망. 터덜터덜 걷다가 기타노초北野町 광장에 닿았다. 벤치에 앉아 쉬면서 모기떼가 살벌하게 뜯어 빨갛게 성이 난 장딴지를 벅벅 긁는다. 긁어 부스럼인 걸 알지만 참을 수가 없다.

"모기에 물려서 가려운 거죠?"

나긋한 목소리로 누가 묻는다. 고개를 들었다. 희끗한 단발머리의 아주머니가 빗자루를 들고서 바라보고 있다.

"네, 산모기라서 그런지 엄청 독하네요."

"저는 요 앞 관광안내소의 직원인데요, 괜찮다면 사무실에 와서 연고 바를래요? 요즘 모기가 워낙 극성이라 저희도 자주 쓰는 건데, 아주 효과가 좋아요."

친절도 하시지. 호의에 고맙다고 연신 인사하며 아주머니를 따라 관광안내소 안으로 들어갔다. 에어컨이 나와서 살 것 같다. 사막에서 오아시스라도 찾은 기분이다. 연고를 바른 뒤 의자에 앉아 쉬었다. 신기하다. 가려움이 순식간에 잦아든다. 아

기타노이진칸의 파라스틴 저택(위)과 레인 저택(아래). 20세기 초 러시아인 무역상 파라스틴의 집이었던 파라스틴 저택은 카페로 운영 중이며, 1900년 세워진 레인 저택은 예식장으로 활용되고 있다.

주머니 말대로 효과가 대단한 연고다. 나중에 귀국하면서 공항 면세점의 드러그스토어에 들러 같은 제품을 사고야 말았다. 견디기 힘든 더위도 가려움도 해결해준 관광안내소는 진짜 오아시스였다.

수탉 풍향계의
집

관광안내소를 나와 바로 옆에 위치한 '가자미도리노야카타風見鶏の館(수탉 풍향계의 집)'로 향한다. 서양에서 건축물의 첨탑 위에 설치하는 수탉 모양의 풍향계를, 일본에선 '가자미도리風見鶏'라고 부른다. 그 이름처럼 이 집의 첨탑 지붕 꼭대기에는 커다란 수탉 풍향계가 달려 있다. 고베에 살았던 독일인 무역상 고트프리트 토마스Gottfried Thomas가 1909년경에 지은 '이진칸'이다. 따뜻한 색감을 띠는 건물의 하단은 붉은 벽돌과 석재로, 상단은 독일 주택에서 흔히 볼 수 있는 하프팀버로 마감돼 야무져 보

이면서도 목가적이다. 기타노이진칸에 남아 있는 옛 서양식 주택 가운데 외관에 벽돌을 사용한 곳은 이 집이 유일하다고. 하지만 뭐니 뭐니 해도 눈길을 사로잡는 포인트는 교회처럼 뾰족하게 솟은 첨탑과 수탉 풍향계. 덕분에 기타노이진칸의 상징처럼 여겨진다고 한다. '비늘의 집'과 달리 이곳은 오전 9시부터 문을 연다. 500엔을 내고 입장권을 사서 안으로 들어갔다.

1층에 공용 공간인 응접실, 식당, 서재 등이, 2층에 개인 공간인 침실이 있다. 집 안에서도 층을 나눠 공과 사를 구분하는 전형적인 서양식 주택 구조다. 사생활을 챙겨야 하는 집주인은 더 이상 살지 않지만 여기저기 마음대로 돌아다니며 구경할 수는 없다. 차단봉이 설치돼 순서에 따라 돌아봐야 한다. 관람은 현관을 지나 응접실부터 시작한다. 손님을 맞이하는 공간답게 천장의 곡선 무늬 조각이나 둥그스름한 샹들리에 등 아르누보 스타일로 화려하게 장식했다. 이 집이 지어지던 무렵에 서양에선 아르누보가 붐을 이뤘다. 반면, 홀의 천장에는 일본 전통 문양을 응용해 간결한 격자무늬 조각을 넣었다. 식당에는 식사 운반용 리프트가 있다. 지하의 주방에서 일꾼들이 갓 요리한 음식을 리프트에 실은 뒤 줄을 당겨 보내면, 집사가 1층의 식당에서 받아

집주인 가족이나 손님들의 테이블 위에 올린 것이다.

2층으로 올라가 토마스 부부, 외동딸 엘제, 손님 침실을 둘러본 후 다시 1층으로 내려와 서재로 들어간다. 서재에 놓인 탁자와 의자는 토마스 가족이 실제로 사용했던 가구로, 외동딸 엘제가 훗날 기증한 것이다. 고딕 양식의 탁자와 의자에 여의주를 물고 꿈틀대는 동양의 용들이 화려하게 조각돼 있다. 내 눈에는이 가구야말로 온 집 안을 통틀어 가장 큰 볼거리다. 어느 나라에서 제작된 가구인지는 모르겠으나 동서양의 어울림, 고베의도시적 특징을 함축한 모양새다. 더구나 복원 과정에서 되살린모조품이 아니라 여기서 실제로 살던 사람들의 손때가 묻은 진품 아닌가.

지하의 주방과 일꾼들의 숙소가 어떻게 생겼는지 궁금했는데, 그쪽은 집주인 가족의 공간이 아니어서인지 복원하지 않은모양이다. 공개돼 있지 않아서 들어갈 수는 없고 집 밖에서 작게 나 있는 창문만 봤다. 쇠창살이 달린 게 꼭 지하 감옥 같다.창문의 크기를 봐도 별로 쾌적한 공간은 아니었을 것 같다.

내부의 각종 전시물은 토마스 부부와 외동딸 엘제의 다양한스토리를 담고 있다. 정작 이 집에서 토마스 일가가 거주한 건

5년 정도밖에 되지 않는다. 딸을 독일의 기숙사 학교에 입학시 킨다며 가족이 1914년 잠시 귀국했다가 영영 고베로 돌아오지 못한 것이다. 그해에 제1차 세계대전이 터지자 일본 정부는 토 마스의 주택을 '적국의 자산'이라며 즉각 몰수했다. 독일과 일 본은 1940년 동맹까지 맺고 제2차 세계대전을 일으킨 동반자 였으나 제1차 세계대전 당시엔 서로 총부리를 겨눈 적국이었 기 때문이다. 어제의 동지가 오늘의 적이 되고, 오늘의 동지가 내일의 적이 되는 게 국제관계다. 냉혹한 계산 앞에서 의리 같 은 건 언제든 내다버리게 마련이라는 사실을 이런 관광지에서 도 확인하게 된다. 결국 일본 정치인에게 넘어간 '수탉 풍향계 의 집'은 사원 숙소나 행사장 등으로 사용됐다. 졸지에 삶의 터 전과 전 재산을 몽땅 잃은 토마스 일가는 독일에서 무척 어렵 게 생활했다고 한다.

이 집이 주목받기 시작한 건 1977년 NHK 드라마 〈가자미도 리〉가 방영되면서부터다. 드라마에선 근대 개항기에 고베로 이 주해 빵을 만들어 판 독일인이 등장인물로 나왔다. 그가 사는 집에 수탉 풍향계가 달려 있었다. 작품 속 집이나 캐릭터와는 관련이 없지만 옛 토마스 주택은 수탉 풍향계를 설치한 집이라

커다란 식탁이 놓인 식당. 오른쪽에 지하의 부엌에서 음식을 올려 보내는 리프트가 설치돼 있다.

아르누보 스타일로 한껏 멋을 낸 응접실.

넷째 날, 그리운 요네하라 마리와 고베항

서 관광객을 끌어들이기 시작했다. 기회를 포착한 고베시는 관광상품화에 적극 나섰고, 할머니가 된 독일의 엘제가 이 소식을 접한 뒤 먼저 일본 측에 연락해 복원 과정을 도왔다. 오랜 세월 일본인이 소유한 공간이었으니 내부는 토마스 일가가 거주할 때와는 전혀 다른 모습으로 변해 있었다. 지금의 '수탉 풍향계의 집'은 엘제가 가진 집 내부의 사진이나 어린 시절의 기억을 토대로 재현한 것이다. 아무튼 아기자기하게 잘 꾸며놓았지만 모델 하우스가 풍기는 삭막한 느낌은 지울 수 없다. 이곳을 비롯해 여러 서양식 고택을 쭉 둘러본 요네하라 마리가《미식견문록》에 남긴 감상이 새삼 떠오른다.

어제에 이어 이렇게 한꺼번에 이진칸을 둘러보며 느낀 것은, 가옥이란 역시 사람이 살아야 한다는 것이다. 박물관이 되어버리면 어쩐지 허무하다. 표본에는 살아 있는 생물의 생기가 없다.

여의주를 문 동양의 용들이 화려하게 조각된 이 가구가, 내 눈에는 온 집 안을 통틀어 가장 큰 볼거리다.

기적의 모스크

'수탉 풍향계의 집'을 관람하고 모토마치로 내려오면서 고베 무슬림 모스크mosque에 들렀다. 1935년 지은 건물로 일본 최초의, 일본에서 가장 오래된 모스크다. 여행지에서 '최초'나 '가장 오래된' 같은 수식어가 따라붙는 장소는 호기심을 자아내게 마련이다.

사원의 외벽은 연한 황토색이다. 중동의 사막을 연상시키는 빛깔이다. 녹색에 검은 줄무늬가 들어간 꿉바qubba(건물 가운데의 커다란 돔)와 큰 미나렛minaret(첨탑) 2개, 작은 미나렛 2개를 갖추었는

데 규모는 그리 크지 않다. 건립 당시 고베에선 무슬림 이주민이 급증했고, 그들이 자발적으로 기부금을 모아 신앙의 터전을 마련했다고 한다.

전면의 대문은 닫혀 있다. 측면에 따로 마련된 출입문을 열고 안으로 들어갔다. 하얀 모자와 검정 카프탄kaftān 차림의 이맘 Imām(성직자)이 나와서 맞이한다. 턱수염이 덥수룩하지만 얼굴에 주름 하나 없는 걸 보니 나이는 젊은 모양이다.

"여기가 일본에서 가장 오래된 모스크라고 해서 찾아왔어요. 견학해도 될까요?"

"그럼요, 얼마든지요. 제가 안내하겠습니다."

외관도 그랬지만 기도실의 꾸밈새는 이집트나 터키의 모스크에 비하면 소박하다. 노란 스테인드글라스로 햇빛이 들어와 석양이 내려앉은 듯 포근한 분위기다. 천장에는 크리스털 샹들리에가 매달려 있다. 회색 대리석 재질의 미흐라브mihrāb(메카의 방향을 알려주는 아치형 장식물)와 민바르minbar(설교단)는 아담하다. 이맘과 함께 카펫이 폭신하게 깔린 바닥에 앉아 서로 자기 소개를 했다. 이집트 카이로 출신이라는 그의 이름은 살라훗딘 아메르. 나이는 30대 초반이다. 내가 한국에서 왔다는 말에, 그는 갑자기 대화의 언어를 일본어에서 영어로 바꾼다. 그러더니 대뜸 대구의 이슬람 사원 건설에 반대하는 주민들이 공사 현장 앞에서 돼지 바비큐를 굽는 시위를 벌인 걸 아느냐고 묻는다.

"뉴스에서 봤어요."

"왜 그런 끔찍한 일이 벌어진 거죠?"

"글쎄요. 이슬람교는 한국인에겐 아직 낯선 종교라서 아무래도 오해가 생기기 쉽겠죠. 새로운 걸 접할 때 사람들의 반응은 다 다르잖아요."

"그렇더라도 도저히 이해할 수 없어요. 그건 단순히 반대하는 의견을 표시한 게 아니라 모욕적이고 적대적인 행위니까요."

소식을 접하고 무척 화가 났던 듯하다. 한국에선 왜 그런 일이 벌어지느냐며 따지고 싶었을 텐데, 마침 한국인이 제발로 찾아왔다. 하지만 젊은 이맘 선생, 나는 그냥 여행하러 온 사람이지 종교 토론회에 참석한 반무슬림 대표가 아니랍니다. 분위기가 더 심각해지기 전에 고베 모스크의 역사를 화두에 올려 대화 주제를 바꿔야겠다.

"모스크를 다시 짓거나 하진 않았나요? 고베 대지진을 겪기도 했고, 그동안 건물이 온전하기 어려웠을 텐데요."

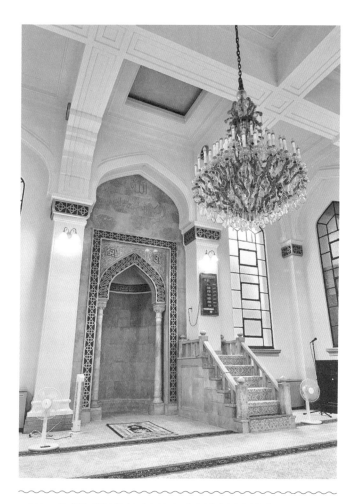

고베 모스크의 기도실. 왼쪽에 설치된 것이 이슬람교의 성지인 메카의 방향을 알려주는 미흐라브이고, 오른쪽의 계단이 설교단인 민바르다.

고베의 발견

"우리 모스크는 1935년에 지어진 그대로입니다. 모스크를 완공하고 얼마 지나지 않아서 제2차 세계대전이 벌어졌어요. 미군의 공습으로 고베 시내가 초토화됐죠. 이쪽도 마찬가지로 잿더미로 변했는데 모스크만 기적처럼 아무런 손상도 입지 않았습니다. 고베 대지진 때도 마찬가지였어요. 주변의 상가 건물이며 주택이며 가릴 것 없이 다 무너졌지만, 모스크는 미나렛에 살짝 금이 간 것 말고는 멀쩡했습니다. 덕분에 지금 우리가 앉아 있는 이 기도실은 집을 잃은 주민들의 대피소로 활용됐어요. 복구 기간 동안 많은 고베 시민이 여기서 먹고 자면서 피난 생활을 했죠. 사원 창고에 저장해놓았던 음식을 다 같이 나눠 먹었다고 해요."

기적의 건물 아닌가. 그 큰 전쟁에도, 큰 지진에도 무사히 살아남았다. 그러고 보니 오래된 건물인데 노후된 흔적이 별로 없다. 정녕 알라의 은총이었나. 1945년 고베 공습 직후에 찍은 사진을 보여줬는데, 정말 주변은 온통 무너진 건물의 잔해뿐이고 모스크만 덜렁 남아 서 있다. 1995년 대지진을 겪고도 끄떡없어서 피난민이 된 동네 이웃들에게 음식과 잠자리까지 무료로 제공했다니, 기적이라는 말로밖에는 설명할 수 없다.

이런, 그가 한국 내의 반이슬람 정서 얘기를 또 꺼낸다. 미국이 중동에서 벌인 전쟁으로 인한 피해며 가자 지구를 둘러싼 갈등의 원인까지…. 대화, 아니 토론의 주제는 점점 심오해진다. 말투는 침착하지만 열정적으로 의견을 끊임없이 피력하는데, 나로서는 동의하지 않는 내용도 더러 있다. 여행길에 굳이 논쟁을 벌이고 싶지는 않다. "나는 평화를 사랑한다."라는 말로 합의(?)를 보고, 사원을 견학하도록 허락해준 데 감사를 표한 뒤 일어났다.

가자,
'후지하라'로!

요네하라 마리가 《미식견문록》에 소개한 고베 맛집을 탐방해 보자며 떠난 여행이다. 아쉽게도 막상 갈 곳은 몇 군데 되지 않았다. 혹평을 남긴 곳, 문 닫은 곳, 너무 비싸서 엄두가 안 나는 곳은 제외해야 했으니까. 그 세 가지에 해당하지 않으면서 그녀가 극찬을 퍼부은 식당이 '후지하라藤はら'다. 책에선 다음과 같이 소개한다.

가자, '후지하라'로! 먹보 여동생이 꼭 가볼 만하다며 추천해준 튀김 요

튀김집 후지하라. 요네하라 마리가 설명한 것처럼 번잡한 상점가에서 벗어난 뒷골목에 되도록 눈에 띄고 싶지 않다는 듯 서 있다.

고베의 발견

릿집이다. (중략) 모토마치 아케이드 거리에서 옆 골목으로 비껴 들어간 곳에 되도록 눈에 띄고 싶지 않다는 듯 살포시 서 있었다. 가게에 발을 들여놓는 순간 무슨 영화 세트 안으로 들어온 느낌이었다. 전통 앞치마를 두른 주인아주머니가 은막의 여배우처럼 보였고, 건물도 옛날식이었다. 못을 박지 않는 공법으로 지어 지진 때 약간 기울었으나 여진 덕분에 본래대로 돌아왔단다. (중략) 튀김옷이 도쿄 튀김집보다 훨씬 얇고 바삭바삭해서 먹기 좋았다. 밑반찬으로 나온, 쌀식초로 버무린 양상추가 식욕을 돋우어주었다. 나온 요리 모두 맛있었으나, 특히 이 가게에서만 맛볼 수 있는 것은 아마도 문어튀김이리라. 식후 과일 또한 일품이었다. (중략) 대, 대, 대만족. 다시 고베에 올 때에는 맨 먼저 곧장 이리로 와야겠다.

'만족'도 아니고 '대만족'도 아니고 "대, 대, 대만족"이라니. 고베에 다시 오면 맨 먼저 후지하라부터 찾겠다고? 그러니까 고베에서 맛본 다양한 미식 중 후지하라의 요리가 으뜸이었다는 얘기다. 더구나 이 가게를 추천한 그녀의 '먹보 여동생' 이노우에 유리#ㅏㄱㄲ는 먹성이나 음식을 향한 진정성에 있어선 언니보다 한 수 위다.《미식견문록》을 읽으면 알 수 있는데, 오죽하

요네하라 마리가 "영화 세트 안" 같다고 표현한 후지하라의 내부 모습. 소박하지만 오랜 역사를 지닌 가게답게 운치 있다.

면 고등학교에서 과학 교사로 근무하다 그만두더니 유명 조리 학교에 입학하고 졸업 뒤에는 이탈리아에서 음식을 배우고 귀국해 요리교실을 열었다. 그런 이력의 소유자가 "꼭 가볼 만하다."고 했다니, 나의 이번 여정에서 후지하라 방문은 당연히 하이라이트가 될 수밖에. 현지로 떠나기 전에 한국에서 미리 국제

전화를 걸어 예약했다. 메뉴는 점심 코스와 저녁 코스의 두 종류뿐이다. 마스터가 그날그날 엄선한 식재료를 튀겨주는 대로 받아먹는, 이를테면 '튀김 오마카세'인 셈이다. 가격대가 더 저렴한 점심 코스를 선택했다.

영업을 시작하는 정오로 예약했는데, 20분가량 빨리 도착했다. 가게의 외관은 요네하라 마리가 묘사한 그대로다. 시끌벅적한 모토마치 상점가에서 벗어난 좁은 뒷골목에 은둔자처럼 자리하고 있다. 박공지붕이 도드라진 살구색 건물은 '옛날식'이다. 타일이나 콘크리트 외벽의 주변 건물들 사이에 있으니 홀로 타임슬립을 한 느낌이다. 시간이 남아 가게 앞에서 사진을 찍으며 기다리는데 미닫이문이 드르륵 열린다. 양손에 노렌을 들고 나오던 호릿한 노부인이 나와 눈이 마주치더니 정중하고 조심스럽게 묻는다.

"혹시 예약하신 남 선생님인가요?"

요네하라 마리가 "은막의 여배우"에 비유한 주인아주머니인 듯하다. 그래, 세월이 흘렀지. 은막의 여배우는 '은발의 여배우'로 변해 있었다.

"네, 그렇습니다. 좀 일찍 도착해서요."

"저희 가게를 찾아주셔서 대단히 감사합니다. 덥지 않으세요? 괜찮으시면 들어오시죠."

"그래도 될까요? 그럼 실례하겠습니다."

아주머니를 뒤따라 안으로 들어갔다. 새하얀 조리복을 입고 검은 뿔테 안경을 쓴 중년의 남자가 카운터석 너머의 조리대에서 요리 준비에 여념이 없다. 백발의 주인아주머니가 그를 향해 "손님이 도착하셨어."라고 넌지시 알린다. 그제야 고개를 들어 나를 보고는 "이랏샤이마세."라고 인사한다. 여유롭고 진중한 목소리. 일본 라멘집 같은 데서 흔히 들을 수 있는 요란한 고성의 "이랏샤이마세!"가 아니다. 조리대를 L자 형태로 둘러싼 카운터석에 앉았다.

나만을 위한
튀김 오마카세

참 깔끔하네. 가게 안을 둘러본 첫인상은 그랬다. '튀김집'이라고 하면 아무래도 찌든 기름때가 여기저기 묻어 있는 모습이 연상된다. 미끌거려 말끔하게 닦아내기 어렵고 기름때로 변색도 심하니 어쩔 수 없다. 그런데 후지하라는 나무 식탁이며 벽이며 천장이며 어디에도 기름의 흔적이 보이지 않는다. 냄새도 거의 느끼지 못하겠다. 청소에 무척 신경 쓰는 모양이다. 사소하지만 이런 데서 주인장의 성격이 드러난다.

나무 재질의 식탁과 의자는 심플하고 소박하다. 옛날 느낌의 목조 천장이나 벽 마감재와 잘 어울린다. 현장을 보고나니 요네하라 마리가 "무슨 영화 세트 안으로 들어온 느낌"이라고 적은 이유를 알겠다. 시대극의 한 장면 속에 들어와 있는 듯하다.

"제가 일찍 오는 바람에 점심 장사 준비를 방해한 건 아닌지 모르겠네요."

"아닙니다. 어차피 오늘 점심 예약을 주신 건 손님뿐입니다."

어제 로프웨이의 객차와 하프 타임에 이어 이번에도 혼자서 공간을 통째로 누리는 경험을 하게 된다. 이쯤 되면 오버투어리즘이 아니라 '언더투어리즘'이다.

주인아주머니가 종이 앞치마를 들고 와 직접 씌워준다. 앞치마에는 동양화풍의 새우 그림이 들어가 있다. 같은 그림이 그려진 액자가 가게 벽 높은 곳에 걸려 있는 걸 보니, 유명한 화가에게 선물받은 작품인 듯하다. 따뜻하게 데운 두꺼운 물수건으로 손을 닦았다. 날씨가 이렇게 더워도 희한하게 손에 닿는 물수건은 온기가 있는 쪽이 반갑다. 음료는 시원한 우롱차를 주문했다.

튀김에 앞서 멸치 절임과 양상추 샐러드가 나왔다. 멸치 절임은 짭조름하면서 달짝지근하고, 쌀식초로 버무린 양상추 샐

러드는 아삭아삭하면서 새콤하다. 둘 다 혀를 자극한다. 더위에 지쳐 후줄근해진 입맛에게 "이봐, 맛있는 튀김이 곧 들어올 테니 그만 일어나."라며 깨우는 듯하다. 무엇보다 양상추의 신선함에 반했다. 파릇파릇한 게 꼭 식당 진열대의 모형 같다. 양상추는 끝부분이 붉게 변색되기 쉬운데, 그런 오점을 조금도 허락하지 않았다. 곧이어 조리대에서 "파다다닥" 하고 튀기는 소리가 요란하게 들린다. 드디어 본막이 올랐다. 군침이 호로록.

넷째 날, 그리운 요네하라 마리와 고베함

"새우입니다." 마스터가 갓 튀긴 새우튀김 두 조각을 큼지막한 젓가락으로 집어 내 앞접시에 놓는다. 요네하라 마리는 "튀김옷이 도쿄 튀김집보다 훨씬 얇고 바삭바삭해서 먹기 좋았다."고 평했는데, 정말 튀김옷이 가볍다. 느끼하지 않고 담백하다. 튀김옷 색이 밝은 걸 보니 기름 상태가 가게 내부처럼 깨끗할 것이다. 새우의 크기는 별로 크지 않아도 머리와 꼬리를 다 손질해 편하게 씹을 수 있다. 겉은 바삭하고 속은 탱글탱글. 맛있는 새우튀김의 정석이다.

소스는 오로시타레おろしたれ(무를 갈아 넣은 양념 간장), 소금, 레몬즙이 있는데, 소금과 레몬즙만 살짝 찍어 먹는 게 재료 본연의 풍미가 산다. 새우에 이어 생선 소엽말이, 오크라, 고구마, 가리비, 능이버섯 튀김이 차례로 나온다. 아침 일찍부터 언덕을 오르락내리락했으니 속이 헛헛했다. 튀김이 접시에 오르자마자 허겁지겁 입에 넣느라 바쁘다. 마스터가 매번 접시를 비웠는지 확인하고 다음 튀김을 준비하는데, 보러 올 때마다 이미 목구멍 너머로 꿀꺽 넘긴 상태라 좀 민망했다.

"제가 너무 빨리 먹죠? 배가 많이 고팠거든요. 천천히 내주셔도 괜찮아요."

오크라튀김과 고구마튀김(위), 새우튀김(아래). 새우튀김은 코스 전반부와 후반부에 두 번에 걸쳐 총 네 마리가 나온다.

"아닙니다. 실은, 저로서는 손님이 빨리 드셔주시는 편이 더 좋긴 합니다. 기름 앞에 있으면 엄청 뜨겁거든요."

생각해보니 그렇다. 실내에 에어컨이 시원하게 나오긴 해도 이 더운 날에 펄펄 끓는 기름 앞에 서서 한두 조각씩 계속 튀겨내는 건 보통 고된 작업이 아닐 것이다. 그래서 원래 속도대로 다시 맛있게 냠냠.

아,
나쓰카시이

다시 새우튀김 두 조각이 나온다. 점심 코스에는 새우튀김 네 조각을 제공하는데, 한꺼번에 접시에 올리면 눅눅해지고 먹다가 질릴 수도 있으니 이렇게 간격을 둬서 두 마리씩 내주는 모양이다. 이어 연근, 문어, 붕장어 튀김이 등장하고 튀김 오마카세 코스는 끝. 요네하라 마리가 "이 가게에서만 맛볼 수 있는 것"이라고 했던 문어튀김이 진짜 별미다. 살이 전혀 질기지 않고 쫄깃쫄깃하다. 입가심은 밑반찬 3종류. 신맛이 나는 무 절임과 우메보시(매실 절임), 머윗대 절임으로 입안과 위벽의 기름칠을

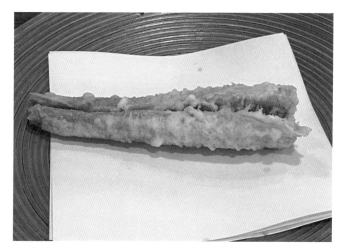

붕장어튀김(위)과 생선 소엽말이 튀김(아래). 덥고 습한 날씨인데도 튀김옷이 아주 바삭하다.

상쾌하게 씻어낸다. 요네하라 마리가 "일품"이라며 극찬한 후식용 계절 과일이 오늘은 달콤한 거봉이다. 역시 '일품'이다.

경험해보니 튀김의 재료나 모양새가 별나진 않다. 기본에 충실한 요리다. 식재료가 아주 신선하다. 채소는 오늘 밭에서 따온 것처럼, 해산물은 오늘 바다에서 건져 올린 것처럼 맛과 향과 모양새가 산뜻하고 반듯하다. 2015년도 간사이 미슐랭 가이드에서 별 하나를 받은 비결도 음식의 독창성이나 화려함보다는 엄선된 식재료와 정갈한 요리에 있지 않나 싶다. 식사를 마친 뒤 마스터에게 요네하라 마리의 책을 보고 왔다는 얘기를 꺼냈다. 말없이 묵묵하게 요리에만 집중하던 마스터가 반색하더니 주방 안쪽의 주인아주머니를 급히 부른다.

"어머니, 이 손님, 한국에서 요네하라 마리 씨 책을 보고 오셨대요."

"어머나, 정말인가요? 한국에서도 그 책이 출간됐나요?"

어머니의 반응이 아들보다 한결 열렬하다.

"아, 너무도 그리운 이름이에요, 요네하라 마리 씨."

아주머니는 '나쓰카시이懷かしい'라는 말을 몇 번이나 되풀이한다. '나쓰카시이'는 사전적으로는 '그립다'라는 뜻이다. 일본

에선 지나간 옛일이나 사람, 물건, 추억을 회상할 때 주로 쓰는 말이다. 아주머니의 '나쓰카시이'에선 어쩐지 애달픈 감정이 담뿍 느껴진다.

"저처럼 그 책을 읽고 찾아왔다는 손님이 제법 많았죠?"

"출간되고 나서 한동안은 그랬죠. 아주 오래전에 나온 책이잖아요. 요 몇 년 동안은 그런 손님을 전혀 뵌 적이 없어요. 그런데 손님이 오랜만에 요네하라 씨의 이름을 말씀해주셔서…. 그이름을 듣자마자 울컥했어요. 정말 그립네요."

"책을 낸 이후에 요네하라 씨가 여기 또 온 적이 있는지요? 고베에 오면 곧장 이리로 오겠다고 적었는데…."

"그럼요. 고베에 오실 때마다 저희 가게에 꼭 들르셨어요. 그렇게 유명한 분이 다른 사람 시키지도 않고 매번 직접 전화를 걸어 예약을 하셨답니다. '요네하라 마리입니다.' 하고 말이죠. 목소리가 걸걸해서 워낙 독특하잖아요. 누구인지 말씀하시기도 전에 '여보세요'만 듣고도 바로 알아차렸어요."

자신을 "은막의 여배우처럼 보였다."라고 표현한 이야기를 꺼내자 "당치도 않은 과찬"이라며 손사래를 친다.

"저희 식당을 특별히 좋게 봐주셨죠. 사실 책에 나온 다른 가

입가심 반찬 3종 세트. 입안과 위벽의 기름칠을 상쾌하게 씻어준다.

게들에 대해선 마음에 들지 않은 점을 아주 솔직하게 적으시기도 했잖아요. 원래 신랄한 비평으로 정평이 난 분이기도 하지만요. 그런데 저희 가게에는 처음부터 끝까지 좋은 말만 해주셨어요. 지금까지도 그저 감사할 따름이죠. 너무 일찍 돌아가셨어요, 그렇게 출중한 재능을 가진 분이 안타깝게….”

얼굴에 서글픔이 스쳐 지나간다. 이내 눈가가 촉촉해진다. 아주머니에게 요네하라 마리는 그냥 과거의 단골손님이 아니다. 이 가게의 진가를 알아보고 널리 알려준 은인이다. 요네하라 마리의 팬으로서, 나는 그녀가 단명해 그 관록과 기지를 좀 더 읽을 수 없게 된 것이 아쉽다. 하지만 그건 후지하라의 주인아주머니가 느끼는 상실감과는 차원이 다를 것이다. 두 사람은 음식점의 주인과 단골손님으로 만나 같은 공간에서 여러 번 얼굴을 마주했다. 튀김으로 맺어진 연은 흘러가는 시간에 휩쓸려 사라지지 않았다. 《미식견문록》에 영원히 새겨졌다. 아주머니는 큰 은혜를 입었다며 지금까지도 그걸 감사하게 여기고 있었다. 아주머니의 "나쓰카시이"는 마음에서 진정으로 우러나온 말이다.

가게는 1941년 문을 열었다고 한다. 지금의 마스터는 할아버지와 아버지를 거쳐 3대째를 이어받은 후지하라 가쓰히로 씨. 오래된 가게들은 으레 '창업 ○○년'을 간판이며 노렌에 써놓게 마련인데 그런 자랑이 어디에도 눈에 띄지 않는다. 미슐랭 가이드 별 하나를 따냈던 기록도 마찬가지다. 그런 건 아무래도 좋으니 오로지 음식으로 존재의 이유를 전하겠다는 자신감이겠지. 요네하라 마리는 후지하라의 미식 체험기를 다음과 같이 마무리했다.

이렇게 일부러 선전하지 않는 곳에 정말 맛있는 가게가 많다. 맛있는 집은 소문내지 않아도 한 번 온 손님은 꼭 다시 올 것이요, 절로 입소문이 나는 법이다.

아름다워서 서글픈
수족관

후지하라의 점심 코스 값은 9,000엔대였다. 한끼 식비치고 만만하진 않다. 내가 인터넷에서 봤던 가격 정보는 벌써 몇 년 전의 가격이었다. 그동안 일본 물가가 크게 오르면서 인상됐다고 한다. 하프 타임의 맥줏값도 그랬지만(한 병 900엔대), 고베의 특별한 곳들은 내 기준에서는 가격대가 좀 높은 편이다. 일본에서 고베는 '부자들이 사는 도시'라는 이미지로 통한다는데, 어쩌면 그런 영향이려나. 말이 나왔으니 얘긴데, 2002년에 고베시가 도쿄, 센다이, 후쿠오카 시민을 대상으로 고베 하면 떠오르는

이미지를 조사한 적이 있다. 결과는 1위 '항구', 2위 '이국적인 정서', 3위 '스타일리시한 패션', 4위 '롯코산과 푸르름', 5위 '맛집' 등이었다. '스타일리시한 패션'을 꼽은 응답자가 꽤 많았다는 건데, 옷이며 가방이며 액세서리로 멋을 부리려면 결국 '쩐'이 뒷받침돼야 하는 법. 고베엔 진짜 부자들이 많은 걸까?

그러고 보니, 고베의 도시 이미지 가운데 2~5위는 벌써 경험을 마친 셈이다. '이국적인 정서'는 기타노이진칸과 난킨마치에서, '스타일리시한 패션'은 모토마치 상점가와 산노미야 백화점에서, '롯코산과 푸르름'은 로프웨이에서, '맛집'이야 뭐 더 말할 것도 없고. 그럼 남은 건 1위 '항구'다. 항구도시에 와서 아직 바다 근처에도 가지 않았다. 이유가 있다. 여행의 마지막 밤은 고베항에 있는 숙소에서 자기로 했다. '고베 메리켄 파크 오리엔탈 호텔'이라는 곳이다. 제방 위에 지어 바다 쪽으로 기름하게 튀어나온 데다 유선형으로 둥글게 생겨 정박 중인 초대형 크루즈처럼 보인다. 덕분에 고베포트타워와 더불어 고베항 풍경 사진에서 한몫을 차지하는, 랜드마크 같은 호텔이다. 모토마치 상점가의 호텔에서 이곳으로 여행의 거점을 옮겨 1박 2일 동안 항구 주변을 돌아보며 고베 여행을 마무리 짓기로 했다.

넷째 날, 그리운 요네하라 마리와 고베함

아직 체크인 시간 전이라서 호텔의 짐 보관소에 캐리어 가방을 맡기고, 근처의 '아토아'로 향한다. '아토아'는 '아쿠아리움과 아트'를 줄인 이름(일본어로 '토ㅏ'는 접속조사 '~과/~와'에 해당)으로, '수족관과 예술의 융합'을 표방한 시설이다. 그러니까 수족관을 예술 작품처럼 근사하게 꾸며놓았다는 얘기다. 2021년 문을 열어 고베의 새로운 핫 플레이스로 꼽히는 명소이기도 하다. 아니나 다를까, 티켓 부스 앞에 대기 줄이 서 있다. 아이를 데려온 엄마들도 있지만 젊은 연인이 꽤 많다. 고베의 데이트 코스로 인기가 높은 모양이다. 차례가 돌아와 2,400엔을 내고 입장권을 산 뒤 들어갔다.

일반 수족관과는 공간 구성부터 다르다. 서식지나 생물의 종류에 따라서 구분한 게 아니다. 예술 작품의 제목처럼 각 공간의 테마를 정하고, 그에 맞춰 조명과 장식물을 배치해 저마다 개성이 뚜렷한 실내 분위기를 조성했다. 2층에는 'Cave: 시작의 동굴', 'Elements: 정령의 숲', 'Marine Note: 생명의 동요'가 있다. 3층은 'Foyer: 탐구의 방', 'Planets: 기적의 혹성', 'Miyabi: 일본 전통과 빛 사이', 'Gallery: 탐구의 회랑'으로 구성된다. 가령 '시작의 동굴'은 "솟아오른 대지에 나타난 동굴"을 형상화한

'시작의 동굴'에서 만난 이름 모를 물고기(위)와 '정령의 숲'의 청개구리(이레).

넷째 날, 그리운 요네하라 마리와 고베함

공간이다. 해설을 보니 "무지갯빛 물고기 떼에 이끌려 간 곳의 앞으로 펼쳐진 초현실 세계"라나…. 흠, 예술의 세계란 심오하군. 아무튼 동굴처럼 어두컴컴한데 천장에 매달린 조명의 색이 계속 바뀌고 그 빛이 바닥에 반사되도록 꾸며놓았다. 거기에 군데군데 피라냐, 구피 같은 열대어의 수조를 설치한 식이다. 그런가 하면, '정령의 숲'은 커다란 인조 나무들이 설치돼 있고 풀벌레 우는 소리가 들린다. '기적의 혹성'에선 일본 최대의 구체 수조를 볼 수 있다. 몽환적인 조명과 음악을 곁들여 우주 어딘가에 있을 것 같은 불가사의한 행성 분위기를 연출한다.

가장 눈길을 끈 곳은 연못이 있는 일본식 정원을 실내에 재현한 '일본 전통과 빛 사이'다. 작품의 해설은 나 같은 문외한에겐 역시 난해하다. "꽃과 새와 바람과 달을 느긋하게 즐기는 고아한 시간, 일본의 미학 와비사비侘び寂び의 마음을 느낀다."란다. 알쏭달쏭한 미사여구의 해설은 차치하고, 인공연못 위로 유리바닥이 설치돼 발밑에서 비단잉어 떼가 헤엄치는 모습을 볼 수 있다. 꼭 물 위를 걸어가는 기분이다. 다채로운 음악, 효과음과 함께 벽에는 용이 꿈틀거리거나 새가 날아가거나 일본 자연의 사계절 변화를 보여주는 역동적인 화면이 강렬한 색감으로

나타난다. 화려하게 장식한 실내낚시터 같은 느낌도 살짝 들지만 '수족관과 예술의 융합'이라는 개념이 이 공간에서 확실히 와 닿았다.

각 전시 공간의 동물 종류 역시 다양한 편이다. 어류 이외에 팔마왈라비, 작은발톱수달, 훔볼트펭귄, 카피바라, 알다브라코끼리거북 등을 볼 수 있다. 수달이 사육사에게 생선을 받아 먹는 모습이 귀여워 한참을 넋 놓고 구경했다. 아무튼 다른 수족관에선 볼 수 없는 시청각적 요소가 흥미롭긴 하다. 나도 그랬지만, 다들 휴대폰으로 사진이며 영상을 찍느라 분주하다. 하지만 한편으로는 생명체의 안락함보다 미적 감각에 치중한 게 아닌가 싶어 씁쓸하다. 색색으로 물들인 작은 돌만 깔린 어항이나 글자만 큼지막하게 적힌 수반에 덩그러니 금붕어 몇 마리를 넣은 걸 보고는 좀 심하다 싶었다.

사실 동물원이나 수족관 자체가 인간이 다른 생물의 생태를 쉽게 염탐하려는 이기적 호기심에 인공적으로 만들어낸 시설이다. 좁은 우리 안에 갇혀 있는데 누가 계속 들여다보기까지 한다고? 정신질환에 걸리기 십상이다. 아무리 먹이나 천적 걱정을 할 필요가 없다 한들, 동물 입장에선 불쾌하지 않을까? 실

'기적의 혹성' 공간에 마련된 일본 최대의 구체 수조. 혹성을 형상화한 수조를 비추는 조명은 색이 계속 달라진다.

제로 장기간 갇혀 지내다 이상행동을 보이거나 건강이 악화되는 동물들의 소식을 종종 접하곤 한다. 그런데 물고기들이 잠시 몸을 숨기고 휴식을 취할 수초나 돌 조각 하나 넣어주지 않고 색깔과 모양을 장식하는 데 치중한 수조라니…. 살아 있는 생명체가 아니라 아름다운 예술 작품의 일부가 돼버린 것이다. 현란하게 번쩍거리는 조명과 온종일 울려대는 음향이 주는 스트레스는 또 어떻고. 아름다워서 서글퍼지는 수족관이다. 그러면서 조금 전에 새우며 붕장어며 바다 생명체들의 튀김을 아주 맛나게 먹고 왔지. 역시 인간은 이기적이다.

하버랜드 야경과
땡처리 도시락

고베항에는 '고베하버랜드Harborland'가 있다. 항구 주변의 낡은 공장, 창고, 화물열차 역 등을 재개발해 조성한 상업지구다. 이곳에 백화점, 쇼핑몰, 대관람차, 호빵맨 박물관, 호텔 등이 모여 있다. 특히 이국적인 분위기의 쇼핑몰인 '우미에Umie 모자이크'와 '모자이크 대관람차', '옛 고베항 신호소'가 나란히 서 있는 다카하마高浜 안벽(항만이나 운하의 가에 배를 대기 좋게 쌓은 벽)은 밤이 되면 불빛이 바닷물에 비쳐 야경이 근사하다. 관광객은 물론, 고베 시민들도 즐겨 찾는 명소다.

고베 메리켄 파크 오리엔탈 호텔의 서쪽 객실에선 다카하마 안벽을 마주한 덕분에 이 야경을 완벽하게 누릴 수 있다. 1995 년에 개업한 호텔은 로비나 객실의 인테리어가 요즘 스타일과는 거리가 멀다. 그래도 고베항의 풍경을 만끽하기에 이보다 더 좋은 위치는 없다. 마지막 밤을 이 호텔에서 보내기로 한 건 항구 전망을 실컷 누리기 위해서였다. 고베 야경의 상징인 고베포트타워Port Tower도 지척에 있다. 아쉽게도 내가 방문한 시기엔 보수공사 중이라 천으로 가려져 보이지 않았다. 그래서 인지 숙박비는 평소보다 저렴했지만.

아토아를 관람한 뒤 호텔로 돌아와 체크인을 하고 객실에서 몸을 식혔다. 해가 뉘엿뉘엿 저물 즈음 다카하마 안벽 쪽으로 나갔다. 바닷바람이 부는 저녁이지만 시원하지는 않다. 그래도 한낮엔 한산하기만 하던 해변 공원에 산책을 즐기는 사람들이 꽤 보인다. 우미에 모자이크 쇼핑몰은 동양인 단체 관광객으로 북적인다. 모토마치 상점가에선 듣지 못했던 한국어가 여기저기서 들린다.

바다가 내려다보이는 분위기 좋은 레스토랑이며 술집이며 카페마다 손님으로 가득하다. 나는 패스. 모자이크 쇼핑몰의 상

점을 기웃거리며 시간을 보내다가 향한 곳은 지하의 대형 슈퍼마켓이다. 점심식사에 지출이 상당했으니 오늘 저녁밥은 슈퍼마켓에서 폐점 시간 직전에 싸게 파는 땡처리 도시락으로 해결해야지.

싸고 맛있는 것이 많이 있겠지 기대하며 도시락 코너를 찾아갔는데 실망스럽다. 종류는 무척 다양하지만 구성이나 가격 면에서 딱히 손이 가지 않는다. 그동안 일본의 다른 백화점 식품 코너나 슈퍼마켓에서 폐점 시간 임박해 파격적인 할인가로 사 먹은 도시락에 비하면 가성비가 한참 떨어진다. 다들 같은 마음인지, 도시락 코너에 모여든 다른 손님들도 이것저것 집었다 놨다 할 뿐이다.

그런데 갑자기 분위기가 확 바뀐다. 곧 오늘 영업이 끝난다는 안내 방송이 흘러나온 뒤 점원들이 작은 기계를 손에 들고 등장하자, 다들 서둘러 그 뒤를 우르르 쫓아간다. 궁금해서 따라가니 그 기계에서 할인율이 적힌 스티커를 새로 뽑아 도시락 위에 붙인다. 순식간에 정가로 팔던 도시락이 10% 할인이 된다. '10% 할인' 스티커가 붙은 도시락에는 '20%', '20%'에는 '30%', '30%'에는 '반값' 스티커를 덧붙인다.

아, 다들 저 스티커 기계의 등장을 기다리고 있었군. '부자 동네'라는 고베의 또 다른 면모인가. 하긴 정도의 차이가 있을 뿐, 빈부격차에서 자유로운 곳이 세상 어디에 있을까? 모든 인민은 평등하다고 그토록 부르짖던 공산주의 국가들도 당 간부와 일반 인민의 밥상은 천지 차이였으니….

개중에 맛있어 보이는 도시락들은 스티커가 새로 붙자마자 바로 뒤에서 기다리던 손님이 낚아챈다. 경쟁이 치열하다. 서로 질서는 잘 지키면서도 눈과 손이 아주 재빠르다. 흡사 필사적으로 먹이를 갈구하는 하이에나 떼 같다. 팔다 남아서 싸게 처분하는 도시락을 노리는 것이니 사자나 표범보다는 하이에나 쪽이 어울린다. 어영부영하다가는 괜찮은 먹잇감을 다 뺏기게 생겼다. 나도 슈퍼마켓의 하이에나가 되어 땡처리 도시락 사냥에 뛰어든다. 그래서 손에 넣은 건 야키토리(양념 닭꼬치) 세트, 교토 스타일의 아게도후(두부튀김), 고기만두, 그리고 양념한 밥. 경쟁의식 탓에 좀 많이 집었다 싶었는데, 다 합쳐도 한국 돈으로 7,000원 정도밖에 안 된다.

할인 스티커에 "식품로스食品ㅁ스 삭감에 협력해주셔서 감사합니다."라고 쓰여 있다. "식품로스"는 먹을 만한 음식물이 아깝게 버려지는 것을 의미하는데, 일본에선 중요한 사회 이슈로 자주 거론된다. 식량 자원의 낭비는 물론, 환경오염과 직결되기 때문이다.

땡처리 도시락을 사 먹은 본래의 목적은 식비 절약이었지만 음식 쓰레기를 줄여줘 고맙다는 칭찬까지 받으니 더 뿌듯하다. 그러고 보니 정말 하이에나가 됐네. '초원의 청소부'라고 불리는 하이에나도 버려진 동물 사체를 남김없이 먹어치워 환경을 깨끗이 유지하는 데 한몫하지 않나.

호텔 객실로 돌아와 도시락을 들고 테라스로 나갔다. 하나씩 까서 테이블 위에 늘어놓으니 한 상 가득 푸짐하다. 다카하마 안벽의 야경을 내려다보며 7,000원의 만찬을 즐긴다. 모자이크 대관람차는 빨갛게, 파랗게 쉴 새 없이 조명 빛을 바꾸며 새카만 바닷물을 색색으로 물들인다. 어두운 바다 저편에선 하얀 크루즈선이 정겨운 뱃고동 소리를 울리더니 항구로 유유히 돌아온다.

고베하버랜드의 야경은 고층 빌딩이 즐비한 요코하마 해변의 '미나토미라이港未來21'에 비하면 화려한 느낌은 덜하다. 대관람차 높이만 봐도 요코하마에 있는 '코스모클락Cosmo

Clock21'의 절반에도 못 미친다. 하지만 그래서 아늑하다. 하버랜드의 은은한 불빛 아래 잔잔하게 물결치는 밤바다. 그 풍경을 누리면서 먹는 7,000원어치 도시락의 맛은 호텔 레스토랑의 값비싼 디너 코스가 부럽지 않다.

마지막 날,
고베의 열린 마음을 안고서

神戸の発見

고베가 되어라

여행을 마치는 날이다. 아쉬워서인지 오전 5시 반쯤 눈이 떠졌다. 유리문을 열고 테라스로 나갔다. 날은 벌써 밝아오는데 구름이 짙게 드리웠다. 밤사이 열기를 식힌 바닷바람이 힘차게 불어온다. 강풍이 대기를 말끔히 씻어냈는지 주변 풍경이 아주 선명하다. 북쪽을 바라보니 높다란 산들이 병풍처럼 도시를 둘러싸고 있다. 고베가 항구도시로 발전한 데는 저 산들의 공도 무시할 수 없다고 한다. 거센 북풍과 편서풍을 막아준 덕분에 앞바다가 잔잔한 날이 많았다는 것. 아무튼 고베는 산도 바다도

참 가깝다.

호텔 뒤편의 '메리켄 파크'를 산책했다. 호텔 이름에도 들어 있는 메리켄 파크는(공원 안에 호텔이 있다) 고베 개항 120주년을 기념해 1987년 설립한 해변 공원이다. '메리켄メリケン'이라는 명칭은 1868년 개항한 뒤 이곳에 마련된 '메리켄 부두'에서 따온 것이다. 당시 먼 바다를 건너온 서양인들이 고베를 드나들 때 이용한 시설이다. '메리켄'이 부두의 공식 명칭은 아니었고, 주민들 사이에서 불리던 별칭이 언젠가부터 굳어진 것이라고. 당시 부두 바로 옆에 미국영사관이 있었는데, 미국 사람을 뜻하는 '아메리칸American'에서 이름이 유래했다는 설이 있다. 혀를 한껏 꼬부라트린 원어민 발음의 '아메리칸'이 일본인들에겐 '메리켄'처럼 들렸다는 것이다. 과연 개항의 도시다운 작명이다. 메리켄 부두 시설은 공원으로 바뀐 뒤에도 역사유산으로 보전돼 있다가 1995년 고베 대지진 때 무너져 내렸다. 붕괴된 곳의 일부는 철거하지 않은 채 1997년 지진 희생자를 기리는 '고베항 지진 재해 메모리얼 파크'로 조성됐다.

공원에 수풀은 거의 없다. 해양박물관과 조형물, 분수대, 그리고 엄청 규모가 큰 스타벅스 건물 등이 있다. 전체적으로 휑

한 느낌이지만 인증 샷 명소가 있다. '고베가 되어라'라는 뜻의 영어 'BE KOBE'라는 글자를 큼지막하게 세워둔 조형물이다. 2017년 개항 150주년을 기념해 메리켄 파크를 대대적으로 뜯어고치면서 새로 생겼다고 한다. 고베에 다녀온 것을 가장 확실하게 입증하는 배경이니 관광객들이 사진 찍으러 줄기차게 찾아온다. 밤에는 은은한 조명도 들어와 낭만적이다. 호텔 객실의 테라스에서도 보이는데, 어젯밤 늦은 시간까지 사람들이 줄을 서서 차례를 기다리며 기념사진을 찍고 있었다. 새벽에 나가니 아무도 없다. 한적하게 구경하고 사진도 촬영하면서 '고베가 되어라'의 참뜻을 곰곰이 생각했다. 무슨 말이지? 어떻게 해야 고베가 되는 걸까? 찾아보니 2015년에 고베 대지진 20주기를 맞아 시에서 발표한 슬로건이다. 홈페이지에는 이렇게 나온다.

고베는 누구에게나 열린 도시입니다. 150년을 맞이한 항구도시로서 다양한 유행이나 문화를 새로이 만들어내고 꾸준히 발신해온 도시입니다. 매우 국제적이면서 언제나 새로운. 그런 '고베다움'을 한층 더 돋보이도록. 전에 없던 일에 도전하려는 젊은이와 그런 마음을 어느 누구보다도 사랑하는 우리들이 되기 위하여. 'BE KOBE. 고베는 더욱 고베가

마지막 날. 고베의 열린 마음을 안고서

되어라.' 이것은 고베 시민 한 사람 한 사람이 가슴에 깊이 새기기를 염원하며 만든 말입니다.

하프 타임의 마스터가 해준 말이 떠오른다.

"고베라는 곳은 말이죠, 뭐든 받아들여요. 개항 도시잖아요. 서양이든 중국이든 외부에서 들어오는 모든 걸 가리지 않고 수용해요. 그리고 금세 고베의 것으로 소화해내는 데에 익숙하죠. 고베 사람들은 열린 마음을 갖고 있어요. 편견 같은 게 없는 편이죠."

영어 슬로건의 장황한 해설보다 맥주 마시면서 마스터에게서 들은 명쾌한 한마디, '난데모 우케이레루なんでも受け入れる(뭐든 받아들인다)'가 더 쏙 와닿는다. 결국 '고베가 되어라'는 색안경을 벗고 오픈 마인드로 살아가라는 뜻 아니겠나. 그래, 새로운 곳을 여행하면서 견문을 조금 넓혔으니 마음을 좀 더 열어야지. 내 안에 자리 잡은 편견을 덜어내야지. 그런데 그게 말처럼 어디 쉬운가.

그리고, 고베

요네하라 마리처럼 수상버스를 타고 간사이공항으로 갈 참이었다. 책에 수상버스라고 나오지만, 육지의 도로와 물 위를 모두 다닐 수 있는 수륙양용버스는 아니다. 그냥 셔틀 페리선이다. 배가 오사카만을 가로질러 최단 경로로 항해하므로 고베공항(국내선 전용)에서 간사이국제공항까지 30분이면 갈 수 있다. 한편, 리무진 버스나 열차로 가면 육로로는 해안선을 따라 빙 둘러 가야 하니 1시간 10~30분 정도가 걸린다. 그런데 사실 산노미야역에서 수상버스 선착장이 있는 고베공항까지 '포트라이

너' 전철을 타고 가는 데 20분가량 소요되고 환승도 해야 하니, 시간만 따지면 수상버스를 타는 게 크게 득 될 건 없다. 간사이공항 가는 길에 바다 풍경을 만끽하며 배를 타보고 싶었을 뿐이다.

체크아웃을 하면서 호텔 직원에게 오늘 페리선이 운항하는지 확인해달라고 부탁했다. 새벽에 깼을 때 바닷바람이 예사롭지 않아 걱정스러웠다. 물어보길 얼마나 다행인지, 날씨 때문에 오늘 선박 운항이 전면 취소됐단다. 하마터면 고베공항까지 가서 괜스레 시간만 낭비할 뻔했다. 수상버스 체험은 포기하고 일찌감치 간사이공항으로 직행하는 리무진 버스를 타러 산노미야로 간다. 호텔에서 무료 셔틀버스를 운행 중이라 편하게 이동했다.

버스가 규쿄류치(旧居留地(옛 거류지))를 지나면서 유럽풍의 석조 건물들이 차창 밖으로 보인다. 이곳은 개항 이후 고베로 이주한 외국인들이 모여 살며 치외법권을 인정받은 거류지였다. 원래는 기타노이진칸처럼 콜로니얼 스타일의 목조 주택이 즐비했는데, 1899년 일본 정부에 반환된 뒤엔 비즈니스 타운으로 바뀌었다. 그러면서 20세기 초반에 유럽 석조 건물을 흉내 낸 일본 회사의 빌딩들이 속속 들어섰다. 전쟁과 지진으로 상당수 붕괴됐지만 일부는 복원돼 이국적이면서 근대적인 분위기를 풍긴다.

산노미야에서 리무진 버스로 갈아타고 간사이공항으로 향한다. 버스 안에서 4박 5일의 여정을 돌이켜보았다. 히메지를 끼워 넣긴 했지만 아담한 항구도시 고베를 돌아보기에는 넉넉한 일정이었다. 그래도 아쉬움은 남는다. 서양 문화가 일찍 유입된 만큼, 고베는 커피와 빵 문화가 발달한 곳이다. 일본 최초의 커피 전문점이 문을 연 곳이 고베였다고 한다. 일본에서 세대당 빵 구입비 1위를 차지했을 정도로, 이 도시는 빵에도 진심이다. 전통 있는 카페와 빵집이 많은데, 가보지 못했다. 무엇보다 롯코산의 1,000만 달러짜리 야경을 놓친 게 가장 서운하다. 그것도 해볼걸, 거기도 가볼걸 하는 후회가 돌아가는 마당에 밀려온다.

고베를 떠나는 길에 흘러간 옛 노래 하나가 머릿속을 맴돈다. 1972년 발표된 〈소시테, 고베そして、神戸(그리고, 고베)〉다. 원래는 6인조 밴드의 곡인데, 그 밴드의 보컬이었던 마에카와 기요시가

솔로 가수로 데뷔한 뒤 NHK의 연말 쇼 프로그램 '홍백가합전'에서 무려 네 차례나 불렀다. 부산 하면 떠오르는 〈돌아와요 부산항에〉처럼, '고베' 하면 떠오르는 대중가요로 꼽힌다. 고베 대지진이 발생한 1995년에 열린 '홍백가합전'에도 선곡됐다. 지진 피해를 입고 상심한 고베의 시민들이 이 노래로 위로받고 싶다며 불러달라는 요청이 방송사에 쇄도했다고 한다. 노래는 이미 떠나간 연인에 대한 미련을 버리고 새로운 만남을 준비하라는 내용이다.

고베, 운다고 어찌할 터인가.
버림받은 이 몸이 비참해질 뿐인 것을.
고베, 선박의 등불이 비추는
희뿌연 물속으로 구두를 던져버리게.

그리고 하나가 끝이 나고.
그리고 하나가 시작되고.
새로운 꿈 또다시 보여줄
동반자를 찾아 나서는 거야.

한신고속도로를 달려온 버스가 린쿠 분기점을 통과해 '스카이 게이트 브릿지 R'로 접어든다. 찌푸렸던 하늘이 어느새 활짝 갰다. 파도가 넘실거리는 푸른 바다 위를 달린다. 멀리 간사이 국제공항이 보인다.

하나의 여정이 이렇게 끝나간다. 아쉽다. 미련도 남는다. 하지만 실망하지 않는다. 후회할 필요도 없다. 그리고 하나가 끝이 나고, 그리고 하나가 시작되고…. 또 하나의 새로운 꿈과 여행이 다시 시작될 테니까.

고베의 발견

요네하라 마리의 맛집과
하루키의 술집을 찾아 떠난 일본 여행

초판 1쇄 발행 | 2024년 6월 30일

지은이   남원상

펴낸곳   도서출판 따비
펴낸이   박성경
편집   신수진, 정우진
디자인   김종민

출판등록   2009년 5월 4일 제2010-000256호
주소   서울시 마포구 월드컵로28길 6(성산동, 3층)
전화   02-326-3897
팩스   02-6919-1277
메일   tabibooks@hotmail.com
인쇄·제본   영신사

ISBN 979-11-92169-38-5 03810

책값은 뒤표지에 있습니다.